LEGÍTIMA DEFESA

Copyright © Iza Artagão, 2024

Título: Legítima Defesa
Todos os direitos reservados à AVEC Editora

Nenhuma parte desta publicação poderá ser reproduzida, seja por meios mecânicos, eletrônicos ou em cópia reprográfica, sem a autorização prévia da editora.

Publisher: Artur Vecchi
Edição: Cláudia Lemes
Revisão: Mikka Capella
Capa: Rodolfo Pomini
Diagramação: Pedro Cruvinel (Estúdio O11ZE)

2ª edição, 2024
Impresso no Brasil/ Printed in Brazil

Dados Internacionais de catalogação na Publicação (CIP)
(Câmara Brasileira do Livro, SP, Brasil)

A 785

Artagão, Iza

    Legítima defesa / Iza Artagão. – 2. ed. – Porto Alegre: Avec, 2024.

    ISBN 978-85-5447-223-8

    1. Ficção brasileira   I. Título

CDD 869.93

Índice para catálogo sistemático:
1. Ficção : Literatura brasileira 869.93

Caixa Postal 6325
CEP 90035-970
Porto Alegre – RS
contato@aveceditora.com.br
www.aveceditora.com.br
𝕏 ⓘ f aveceditora

LEGÍTIMA DEFESA
IZA ARTAGÃO

AVEC
ROCKET

Este livro é dedicado a você, que já dividiu a cama com o seu pior inimigo e desejou que ele não acordasse na manhã seguinte.

PRÓLOGO

Por que não empurrei ele bêbado da escada? Teria sido tão mais fácil.

De pé, cavoucando com a unha a borda da mesa de madeira, Vilma tentava se manter confiante. Queria encarar os sete jurados que tinham decidido os próximos anos da sua vida, mas o conselho recebido fora o de manter os olhos nos próprios pés.

Se saísse daquela, nunca mais baixaria a cabeça para alguém. Sete pessoas estranhas, que não sabiam de nada, haviam recebido pedacinhos aleatórios da realidade, que não encaixavam no quebra-cabeça e, ainda assim, tinham o seu destino entre os dedos.

"Ganha quem contar a melhor história", doutor Eliomar Fagundes, seu patrão, e agora também advogado, sempre repetia esse bordão ao se preparar para um júri.

Aos olhos das três mulheres e quatro homens, sentados por cerca de dez horas no camarote, tentando entender o palavreado difícil da acusação e da defesa, qual seria a sua história? A mocinha maltratada, que decidira se livrar do seu algoz? Ou a amante enciumada e vingativa? A coitada, abusada em mais de um sentido, levada a fazer o que fez, ou a Eva ardilosa, que só desejava ficar sozinha e curtir o paraíso? Em uma versão, a mártir; na outra, a puta. Nessa batalha de versões, nenhuma delas retratava os fatos que a tinham levado ao derradeiro evento do dia 28 de janeiro de 1985; muito menos o que realmente havia acontecido.

— Senhora Maria Vilma Souto da Cunha, vou iniciar a leitura da sua sentença. — O juiz ergueu os óculos de aro retangular e examinou a plateia, que cochichava atrás dela. — Peço que não haja qualquer manifestação neste tribunal, do contrário mandarei esvaziar o plenário.

A voz dele chegava ao seu ouvido como alguém conversando embaixo d'água, mascarada pelo cheiro de rua suja — um misto de urina, restos de comida e água parada. Ela já não estava no tribunal. Estava na rodoviária Novo Rio, como há oito anos e meio, abraçada à bolsa, tremendo ao descer os degraus do ônibus vindo da Paraíba, por um misto de ansiedade e esperança de dias melhores.

Dizem que, antes da morte, toda a sua vida se passa diante dos seus olhos. Vilma não estava morrendo no sentido fisiológico, no entanto, quer fosse condenada, quer fosse absolvida, aquela Vilma não existiria mais.

Capítulo 1
15 de janeiro de 1985

Mais uma vez, atrasada por culpa da baldeação no terminal Alvorada.

Enquanto o ônibus metia oitenta quilômetros por hora na pista vazia da Avenida das Américas, Vilma sentia o suor escorrer pela batata da perna. Talvez fosse o calor de janeiro ou, talvez, a aglomeração no ônibus, ou o uso da meia 7/8 de nylon em pleno verão. *Talvez...* Analisou o seu reflexo no vidro e a mulher franzina de olhos grandes e expressivos devolveu a encarada, perguntando a quem ela queria enganar.

A bagunça de um grupo peculiar, de roupas pretas e jaquetas estampadas com desenhos de caveira, que anunciavam a ida ao tal *Roque em Rio,* batucando nos assentos e fazendo chifrinhos com os dedos não conseguiu afastar a sua preocupação. Vilma tinha feito uma promessa ao marido quando apareceu a oferta de emprego: nunca se atrasar para servir o jantar. O problema era que o Recreio dos Bandeirantes era o fim do mundo e, mesmo sem trânsito, às oito da noite, ela levava mais de duas horas para ir do Centro da cidade até o buraco onde Augusto decidira se esconder.

A alegria que sentia desde que desembarcara no Rio teria sido a mais intensa de sua vida, se não fosse ofuscada pelo humor dele. O trabalho como secretária de um advogado das antigas, do tipo que usava chapéu e fumava cachimbo, com uma boa carta de clientes, possibilitava que aprendesse sobre leis e o Direito mesmo sem ter cursado a faculdade. Ela contava que um dia aquilo fosse lhe ser útil.

O ônibus ultrapassou o condomínio Barra Sul e Vilma olhou o relógio de pulso. *Nove e meia da noite! Agora é torcer pra ele estar atrasado ou distraído com a TV.* Ela levaria mais uns quinze minutos até a casa e, apesar da janta estar pronta, Augusto se recusava a esquentar a comida.

O homem, com mãos do tamanho de uma raquete de pingue-pongue, tinha cruzado o seu caminho durante o seu primeiro assalto. Estar no Rio de Janeiro e não ter uma arma apontada na sua direção era como viajar para Salvador e não ver uma baiana. Augusto estava lá para resgatá-la e assumir o papel de príncipe. Vilma só não tinha se atentado para o fato de que o príncipe tinha esfregado na cara do ladrão o cano de uma arma. A ficha caiu apenas quando os dois já dividiam o pó de café e, como ele era gentil e atencioso, ela acabou permanecendo cega a uma certa natureza bruta por tempo demais.

Vilma saltou no ponto habitual, localizado na esquina da Av. Gláucio Gil com a Genaro de Carvalho. Ficava a cerca de cinquenta metros da sua rua, mas, se o Recreio, de dia, já ostentava ares desérticos, naquele horário não havia viva alma perambulando pelas calçadas esburacadas. Os postes de iluminação pública eram minguados e espaçados. Vilma se sentia como se afundasse a cabeça em águas turvas e enlameadas nos vácuos escuros e rompesse a superfície, ansiando por claridade e ar nos círculos anemicamente iluminados. Andava pelo canto da avenida a passos febris, espancando o asfalto — evitava os cantos sombrios. O som do *plec-plec* ecoava nos terrenos baldios cercados de mato alto. A paisagem era completamente distinta da selva de pedra dos bairros onde morara antes — Centro e Catete.

A meros trinta metros da dobra da esquina, ela percebeu um som sutil, quase inaudível, porém persistente. Era o sussurro dos pneus de um carro roçando o asfalto áspero, salpicado de terra e areia.

Sem interromper as passadas, Vilma virou o rosto e olhou para trás. Seus cabelos cheios e ondulados colaram na pele úmida da bochecha e do pescoço na fração de segundo em que ricocheteou o olhar.

Não havia nada ali.

Apertou a bolsa contra o peito e apressou ainda mais os pés. Não corria, porém seu andar não combinava com os sapatos sociais, a saia nos joelhos e a blusa de botão com ombreiras, escolhidos naquela manhã.

É coisa da sua cabeça, deixa de ser boba. Ele deve tá em casa...

O poste acima tremeluziu. Bia só queria afastar aquela sensação horrível de estar sendo seguida, voltar para casa antes das nove, tomar um banho e terminar a terça-feira em paz; mas o barulho, de início distante, que a fizera se arrepender imediatamente de ter assistido àquele filme de assassinato no *Supercine* do último sábado ficava mais nítido e perturbador a cada metro do trajeto vencido. O carro se movia devagarinho na sua direção.

Seu cérebro mandava uma resposta racional — *deve ser alguém perdido, procurando a numeração* — enquanto o medo se materializava nas gotas de suor que escorriam da nuca até a base da coluna e nas mãos trêmulas, que mal seguravam o chaveiro amarelo cujo pequeno fecho ela tinha a mania de ficar deslizando quando um sentimento ruim batia.

Tentou manter a calma. Qual era o problema de sair correndo e gritando feito louca? Mesmo que fosse um engano, tudo fruto daquela porcaria de filme, e ela passasse uma tremenda vergonha? Ninguém pagava as suas contas... *Bem, quase ninguém.*

As amarras autoimpostas cederam quando o carro ligou os faróis, projetando a sombra dela no asfalto, e acelerou. O motor rugiu e os pneus chiaram, em um guincho agudo de agulhar os tímpanos. Ela correu na direção da calçada e se escondeu atrás de um Monza.

Os sons seguintes foram os mais assustadores da sua vida: uma freada brusca, a batida da porta, o estalar do sapato na calçada. Cada vez mais perto... mais perto. Bia se encolheu, apertou os olhos pequenos e prendeu a respiração como se isso fosse fazê-la desaparecer, ficar invisível — havia funcionado no escuro do seu quarto, quando, com sete anos, acordava sobressaltada de madrugada e sentia que estava sendo observada por algo ou alguém camuflado no canto.

— Eu tava te esperando... — A voz grossa estava próxima demais. É, dessa vez não tinha funcionado.

— Chegamos juntos? — Vilma perguntou, na *tentativa* de disfarçar seu atraso e apontar que ele também estava na rua até aquela hora da noite.

Augusto bateu a mala do carro e sorriu. Um sorriso inesperado. Girava, no indicador, um chaveiro amarelo ovo que ela nunca tinha visto. Augusto caminhou do Opala estacionado até ela, parada na entrada do portão da casa. A barba rente e os olhos pretos, tão pretos que a pupila e a íris não se distinguiam, conferiam ao seu marido um ar feroz; os ombros largos, uma certa imponência.

Quando ele sorria daquela forma, ampla e verdadeira, a lembrança da paixão vinha com força. Sim, ela já havia sido apaixonada pelo homem a meio metro de distância, que parecia uma montanha em comparação com seu um metro e sessenta. No entanto, há algum tempo, o sentimento intenso vinha sendo substituído por certo conformismo; um conformismo pelo rumo do seu casamento, ultimamente mais um mar de espinhos do que de rosas.

Augusto lhe deu um estalinho nos lábios e enlaçou seus ombros de um jeito carinhoso e protetor, como não fazia há algumas semanas.

— Tive um imprevisto e precisei trabalhar até tarde. Vamos jantar juntos, vem. — Ele enfiou o chaveiro amarelo no bolso da calça e puxou Vilma pela mão ao mesmo tempo em que abria o portão de casa com as chaves que ela lhe entregou. — E aí, pode me contar sobre o novo caso do seu trabalho, que tá em todos os jornais? "Piranha do Méier", é como estão chamando a mulher, né?

CAPÍTULO 2
16 DE JANEIRO DE 1985

A ponta do guarda-chuva pingava no piso de mármore do hall de entrada do "Bolo de Noiva". O edifício, localizado na Almirante Barroso, 91, Centro do Rio, tinha sido batizado como Mayapan, mas ficara mesmo conhecido pelo nome do doce. Vilma tinha ouvido essa história, contada pelo zelador do prédio enquanto esperava o elevador, pelo menos uma dezena de vezes.

— Na minha opinião, dona Vilma, esse apelido é meio desaforado, sabe? Tá certo que tem lá o seu motivo, essa fachada toda decorada, que lembra enfeite de açúcar em bolo de casamento, mas a senhora veja se um prédio chique desses merece ser conhecido assim? — O homem limpava as caixas de areia lotadas de guimbas de cigarro.

Ele não deixava de ter razão. A entrada, com uma espécie de porta em bronze, talhada na forma de arabescos, e a escada em caracol, ladeada por duas colunas, tinham-na feito assoviar na primeira vez em que pisara ali. O prédio era antigo, porém mais bonito do que as laterais modernas e envidraçadas que começavam a dominar a cidade.

Na primeira vez em que desembocara no sétimo andar, ela se sentira uma mulher de sorte. Sete era o seu número e aquilo provavelmente era um bom indício quanto à vaga de emprego. O acerto da intuição se traduziu em três anos de satisfação no trabalho. Assessorar o doutor Eliomar era o ponto alto do seu dia. Ela adorava estar ali. O advogado era esperto, porém avoado, e Vilma funcionava como um tipo de agenda ambulante.

Além disso, parte do pagamento era usado para ajudar os pais na criação da sobrinha. Amélia tinha sete anos quando viu o corpo da mãe se mesclar com o asfalto graças a um caminhoneiro lotado de rebite. Passou a ser criada pelos avós, lavradores. Foi quando diagnosticaram a menina com diabetes tipo 1 e comprovaram o comprometimento de seus rins que Vilma decidiu ter o seu primeiro embate com o marido e trabalhar. O tratamento era caro e o pouco que Augusto lhe dava para mandar aos pais não era suficiente.

Na verdade, sua ida para o Rio de Janeiro tinha sido com esse intuito, ajudar a família. Não era fácil viver no sertão da Paraíba. Amava o Nordeste, sua comida, crenças e festas. Amava até a poeira vermelha e os causos da vila, mas o amor era sofrido; daqueles que rasgam o peito.

Seus pais, moradores da região do Alto das Piranhas, enfrentaram as épocas de seca, mas conseguiram criar oito filhos com o roçado de algodão. Eram felizes — mesmo vivenciando momentos de miséria e fome durante as fases de estiagem —, até serem expulsos das suas terras pela construção do açude Boqueirão das Piranhas. Obrigados a deixar tudo para trás, o pai analfabeto não soube correr atrás da indenização e a família perdeu o pouco que tinha. A miséria tornou-se mais miserável e o pai passou a afogar as mágoas e tapar o buraco no estômago com cachaça.

Vilma, temporã, crescera decidida a aprender a ler e ser alguém, a recuperar a dignidade perdida. Nunca seria passada para trás ou perderia um direito seu por não saber decifrar as letras. Se não enchia o bucho, encheria a cabeça de palavras e aprendizado. Reconheceu, em um dos primeiros livros lidos, na figura de Fabiano, o pai desgostoso, mas, graças a Deus, não teve cadela que tivesse sofrido o mesmo triste fim de Baleia.

Com dezessete anos, foi para a capital, trabalhar de babá para uma família rica. Faziam três refeições por dia. Lá, chocou-se com a diferença na aparência física dos que, com a vida abastada, alimentavam suas latas de lixo com mais comida do que ela ousara, um dia, imaginar. As costelas deles não apareciam sob a pele tostada pelo Sol. Seus olhos não eram fundos. As mãos eram lisas e rechonchudas.

Ao finalizar os estudos, ouviu pela primeira vez falarem das "terras da esperança" — Rio de Janeiro e São Paulo —, cidades onde o emprego caía do céu. Levou anos juntando o que sobrava, depois que enviava quase todo o pagamento para os pais, para fazer, finalmente, em 1978, a viagem até o Rio e ter um lugar para morar.

O aparecimento de Augusto, salvando-lhe daquele jeito, meio como herói de novela, foi o que mudara seus planos iniciais de trabalhar, trabalhar e trabalhar. Depois de seis anos de casados, ela ainda se lembrava em detalhes como tinham se conhecido.

"Passa a grana, moça!" O hálito do bandido fedia à álcool e sua mão tremia enquanto ele empunhava a faca na sua direção. A lâmina brilhava a cada sacudidela, refletindo a luz fraca do poste, que piscava lutando para não queimar de vez. A cicatriz entre os olhos, na base do nariz, conferia ao ladrão uma aparência ameaçadora.

"Calma moço... Não tenho muito." Ela remexia a pequena bolsa em busca dos poucos trocados. "Aqui ó...", estendeu duas notas, uma de cinco cruzeiros e outra de um. "É só isso que tenho."

Ele arrancou o dinheiro de sua mão e enfiou no bolso da calça jeans encardida.

"Já que é pouco, cê vai *dá* um passeio comigo." Ele agarrou o pulso fino e a puxou para perto, mantendo-a dominada pela ponta da lâmina nas costas, na altura dos rins, enquanto dedos oleosos enrolavam seu braço.

Vilma morava em uma república na Rua Frei Caneca, próxima ao Campo de Santana, e caminhava para casa quando foi abordada. A cada passo, seu coração batia mais forte e o peito subia e descia freneticamente. Desconhecia para onde ele a estava levando, mas não se entregaria fácil. Quando passaram pela primeira pessoa, teve uma ideia. Apesar das ruas vazias do Centro naquele horário da noite, valeria a tentativa. Avistou uma senhora andando apressada, olhando para os lados e, a poucos metros de se cruzarem, levantou e desceu as sobrancelhas de forma frenética. A mulher não reparou e os ultrapassou rapidamente.

Ela não desistiu. Viu um homem alto de paletó se aproximando. A poucos passos dele, mergulhou os olhos angustiados em seus olhos pretos perfurantes, daqueles de que nenhum segredo escapava, fazendo cara de assustada, contraindo a boca e franzindo a testa.

O homem, de rosto duro, também não olhou na direção deles e passou. Ela já avistava mais uma pessoa na altura da esquina...

— Para aqui! — O assaltante interrompeu o passo e a travou. Tinham parado em frente a uma porta velha. Na parede suja, ainda a marca do jato de urina, que, escorrida, formava uma poça em um dos desníveis da calçada. O fedor ácido fazia suas narinas arderem. — Fica de costas... — A mão livre dele afastou seu cabelo volumoso e ele fungou seu pescoço, fazendo sua pele pinicar e o estômago revirar pelo contato da barba rançosa e espetada.

Vilma levantou os olhos e, encarando a mancha preta e embolorada no teto da marquise, mordeu os lábios enquanto sua mente nublada pelo medo tentava achar uma saída.

— Desencosta da moça, vagabundo!

A voz era firme e grossa, e estava carregada de raiva; então Vilma ouviu um clique baixo.

Liberta da ameaça, ela reconheceu seu salvador. Era o homem alto de paletó que cruzara com eles alguns minutos antes.

— Você está bem, moça? Esse vagabundo chegou a abusar da senhora? — Ele apontava um revólver para a cabeça do assaltante e, com a mão livre, deu um tapa de mão aberta no ouvido do homem, que choramingou.

— Não... Não. Pode deixar ele ir. Tá tudo bem...

Augusto mandou o homem correr sem olhar para trás e a escoltou até a porta de casa. No dia seguinte, Vilma recebeu flores e um bilhete de "estimo melhoras". O convite para jantar foi a sequência natural.

O namoro veio quase de imediato e, depois, o casamento, em apenas quatro meses. A cerimônia foi pequena. Na verdade, mínima. Ninguém da família dela pôde comparecer e o noivo, filho único, já tinha perdido os pais. Os amigos eram escassos — ele contou que sempre fora um cara fechado, de pouquíssimas amizades e, apesar de ser mais falante e nem um pouco tímida, Vilma ainda não tinha feito muitas amigas. A única, Silvana, colega de quarto por um ano, de supetão, resolveu retornar para Cachoeiro de Itapemirim e nunca mais se soube notícias dela. Casaram-se, tendo por testemunhas o juiz de paz e os funcionários do cartório. Augusto dizia que era o encontro de duas pessoas solitárias que se bastariam, mas, para Vilma, não foi bem assim.

— Que cara franzida é essa? — A pergunta a catapultou da lembrança. — Você sempre chega rindo e dando bom-dia. Aconteceu alguma coisa? — Doutor Eliomar se servia de uma xícara de café na pequena cozinha do escritório de trinta e cinco metros quadrados. — Onde está o açúcar mesmo?

— Não é nada, não, doutor... Só uma dorzinha de cabeça. — Ela pendurou o blazer no encosto da cadeira e se dirigiu até o armário para pegar o pote. Apesar de ser dono do escritório, ele não dava um passo sem ela.

— Então toma uma aspirina e uma xícara de café. Assim que você melhorar, começamos a catalogar as folhas principais do processo para o júri da Maria das Dores. Essa mulher já sofreu demais. Quero ganhar esse julgamento e a liberdade dela.

— No ônibus, vindo pra cá, ouvi muita gente comentando sobre o caso, zombando do apelido...

O apelido, "Piranha do Méier", dado pelos jornais tinha um duplo sentido jocoso. Diziam que era por causa do peixe, mas tinha mais a ver com a profissão da moça — Maria das Dores batia ponto nos botequins da Rua Dias da Cruz.

Com um sorriso perfeito e quadris ligados no 220, arranjar clientes não era nem um pouco difícil; porém, sendo o mundo o que era, um manancial de babacas, ela reservava um tratamento especial aos trastes que a enxergavam como mero repositório de fluido corporal ou, pior, saco de pancadas — um boquete sem a dentadura branca. No lugar de dentes, Maria das Dores tinha estalactites na boca; carcaças ósseas de pontas afiadas e enegrecidas. Uma mordida sua era veneno puro. Pelo menos oito homens tinham morrido de infecção generalizada.

A defesa do doutor Eliomar alegaria falta de dolo.

"É quando não há intenção de matar, Vilma... Ela não tem culpa se eles não procuraram ajuda médica porque pulavam a cerca."

No início do trabalho, Vilma tinha vergonha de perguntar sobre as palavras que não entendia, até a curiosidade transbordar. Quando suas dúvidas passaram a comandar a língua, ela percebeu a boa vontade dele em explicar, o que combinava com seu relativo ar professoral.

— Claro! Todo dia tem uma manchete apelativa nos jornais. Isso é uma covardia! — Largou a louça na bancada e abriu os braços em um gesto impaciente. — Quem quer que seja jurado neste júri, já terá a cabeça feita contra a pobre. Não sei o que é mais baixo, chamá-la desses apelidos humilhantes, um novo a cada dia, ou dar espaço para o ex-marido falar todo aquele absurdo. Estão devassando a vida da coitada. — Buscou, de volta, a xícara e deu uma bicada no café.

— Aposto com o senhor que, do jeito que aquele homem fala na entrevista, Das Dores deve ter apanhado por qualquer motivo durante o casamento.

Doutor Eliomar parou de encarar a xícara que segurava entre as palmas e olhou para ela com uma das sobrancelhas de taturana erguidas.

Vilma tinha certa familiaridade com pequenas *explosões* domésticas. Tinha perdido as contas de quantas vezes havia visto a irmã mais velha levar tapas e empurrões do pai do próprio filho. Benedito embarrigara Inês quando ela tinha apenas dezesseis anos. Casado e com quatro filhos em escadinha com Josefa Barrão, não assumiu a adolescente grávida como esposa; somente dava dinheiro para mistura e leite, mas não admitia que ela tivesse vida. Sentia-se seu dono.

Para piorar, sua mãe dava razão ao diabo. Repetia, entre as quatro paredes de estuque, que mulher devia sempre respeito ao seu homem, o que ela mesma cumpria piamente, abaixando a cabeça para os berros e grosserias do próprio marido. Em um universo de cabras-machos, *peixeiras* cegas e pinga, ai daquela que ousasse romper os padrões.

Vilma suspirou, pensativa.

O que acontece na vida da mulher é que a gente tem que mastigar sem vontade e engolir sem choro...

CAPÍTULO 3

O opala azul-marinho dobrou sem pressa a esquina da Avenida Glaucio Gil e entrou na Via Nove. O Sol invadia o espelho retrovisor, indicando que em pouco tempo a noite abocanharia a Pedra do Pontal. A via de mão dupla não tinha iluminação e era margeada, pelo lado direito, por um enorme terreno baldio.

Augusto não era de resolver suas questões perto de casa, porém daquela vez precisava. Tinha bebido um pouco além da conta para atravessar a Zona Oeste. Além disso, não queria misturar trabalho com prazer. Após se reformar, assumira a função de homem de confiança do seu Carmelino Mourão e prometera ser discreto na execução de suas tarefas. Tantos anos de serviço tinham lhe garantido expertise em como resolver problemas e o gosto por criar alguns, também.

Batucava o volante enquanto ouvia o rádio:

— *ZYD471, Rádio 98, Top FM. 98,1, Rio de Janeiro. Você acabou de ouvir o mais novo sucesso do USA for Africa, We are the World, e, antes dele, Whisky a Go Go, do Roupa Nova.*

Encostou o carro e esperou escurecer. Não estava preocupado se o Opala parado beirando o terreno vazio chamaria a atenção. Tinha adulterado a placa. Além disso, a área também era conhecida como "ponto do amasso", um lugar para economizar o dinheiro do motel.

Assim que a noite cercou o veículo, ele saltou e foi até a beirada da pista. O cheiro de maresia lhe lembrava o pai pescador, ao voltar para casa depois de dias no mar. Lembrava-lhe, também, da constante barriga vazia e dos gemidos diários da mãe, vazados pelas paredes finas, após o desaparecimento do pai em um naufrágio.

Franziu o rosto com essas lembranças. Está certo, talvez aquele fosse um assunto mal resolvido, mas e daí? Sentar-se numa poltrona e ficar vomitando traumas de infância para um estranho era coisa de mulherzinha. Ele tinha criado o seu próprio método. Exorcizava — ou alimentava — seus demônios de outra forma.

O breu era quebrado apenas pelas luzes distantes de algumas casas nas ruas transversais e eventuais faróis de carros avistados ao longe, crescendo em tamanho à medida que se aproximavam. Escuridão total, tudo tranquilo.

Augusto abriu o bagageiro do carro, enfiou a mão na alça de plástico duro e puxou. Abraçou uma daquelas malas grandes de viagem com a maior facilidade e caminhou alguns metros dentro do matagal. Ao chegar à margem do canal, atirou-a longe.

O barulho do choque com a água foi sinfonia para seus ouvidos. Ele era rude, com mãos grandes e cascudas, o que tinha aberto seus caminhos na profissão. Cursara o segundo grau aos trancos e barrancos. Criado largado, precisara aprender alguns truquezinhos na rua para não ser jantado... Isso até o alistamento obrigatório. Ali, recebeu o primeiro salário e passou a ter três refeições completas. Mais tarde, na Vila Militar, descobriu utilidades para aquelas mãos. Aprendeu, também, a apreciar música nos porões úmidos e cinzentos. Árias belíssimas abafavam sons crus e davam cor ao ambiente.

Passou os dedos na barba rente, satisfeito com o desfecho.

— Preciso de uma cerveja gelada!

Ele se virou para voltar ao carro e, então, um gemido baixo captou a sua atenção. Caminhou intrigado na direção do som, até localizar sua origem — um gatinho tigrado miava no matagal.

— Oh, amiguinho, vem cá! *Pshhh, pshh, pshh*! — Augusto estendeu a mão e esfregou o polegar no indicador, tentando chamar o filhote. — Eu preciso de uma cerveja e você, de uma lata de atum. Ajuda aí...

Como se tivesse entendido a frase, o bichano foi na sua direção e esfregou o corpo minúsculo no sapato abrutalhado.

— Vem. — Ele pegou o bichinho no colo. — Vamos pra casa.

Ao bater o portão, Augusto cruzou o terreno a passos firmes. A porta da sala não era o seu foco. Outra, de madeira descascada no fundo do quintal, ao lado de uma pilha de telhas e um monte de areia, era a que ele desejava. Antes, daria um pulo na despensa e buscaria a refeição do novo amigo.

O cheiro de mofo foi a primeira coisa a lhe dar as boas-vindas ao seu santuário; depois a cerveja gelada, retirada da geladeira velha. Aquele era o seu quarto de guardados; um lugar só seu, onde a enxerida da Vilma não entrava. Ali, em meio a prateleiras imperfeitas, um sofá rasgado, sua vitrola e um amontoado de coisas aparentemente idiotas, como ferramentas de jardim, ele guardava seus tesouros no lugar menos provável.

— Toma aqui, Barão. — Abriu a lata de atum e colocou no chão, embaixo da mesinha de botequim.

Seu LP preferido já estava no aparelho. Ele pegou o braço da vitrola, levantando-o com delicadeza espantosa, apesar dos dedos grossos como charutos, e as primeiras melodias, parecidas com o som de uma tempestade, apossaram-se do ambiente. As Valquírias galopavam naquele quartinho enquanto Augusto abria uma segunda porta e sorria. A moça dos olhos escondidos pela franja frisada estava na exata posição de duas horas atrás. Acorrentada à parede de cimento, mantinha as pernas flexionadas, os pés sobre o colchão fino, as coxas roçando na barriga e o rosto enfiado nos joelhos, feito um bichinho paralisado pelo medo.

CAPÍTULO 4

Sentada no banco redondo da doceria, Vilma balançava o tronco em uma dança silenciosa. A maciez aveludada do brigadeiro gigante massageava sua língua a cada bocada.

"Como você pode se dar ao luxo de comer tanto doce sem se preocupar com as consequências?"

"Você precisa se alimentar direito, pra me dar um moleque saudável, princesa."

A melhor de todas:

"Porra, Vilma, o médico já não falou que consumir açúcar demais pode dificultar a gravidez?"

Quanto mais ouvia as mesmas frases dentro da sua cabeça, mais gostoso o brigadeiro ficava. Não havia nada mais saboroso do que um prazer proibido.

Desde outubro do ano anterior, quando Augusto marcara uma consulta sem lhe avisar, para investigar a razão da barriga oca mesmo com todo o esforço da parte dele, e ouviram do médico que o consumo exagerado do açúcar poderia afetar e dificultar a gravidez tão almejada, ele passou a controlar o vício dela em doces. As compras de mercado passaram a ser supervisionadas. Nem um biscoitinho recheado escapava de ser confiscado na esteira do caixa.

Augusto só não sabia que Vilma não lhe entregava todo o seu salário; que, todos os meses, ao receber de Dr. Eliomar seu pagamento, tirava cinco minutinhos no banheiro para enrolar a meia-calça até a ponta dos dedos e retirar, da sola do pé, algumas notas úmidas, que, depois, eram repassadas para o fundo falso do seu porta-bijuteria. A princípio, a quantia serviria como reserva de emergência, caso seus pais viessem a precisar de mais alguns cruzeiros; porém passara a significar certa liberdade — a possibilidade de se dar pequenos prazeres.

Vilma mexeu na bolsa e puxou uma cartela de comprimidos. Com cuidado, pressionou a barriguinha da cartela com o dedão, fazendo com que a pílula branca, menor que uma unha do mindinho, pulasse para a sua mão. Engoliu o anticoncepcional sem dó. Sabia que, com mais de trinta, era considerada velha pela maioria das pessoas. As perguntas sobre filhos sempre surgiam na conversa mensal com seus pais ou quando era apresentada a alguém, mas, depois do último aborto espontâneo, resultado de um *quase* atropelamento, havia entendido o recado do acaso. Só não dividiu com o marido a sua decisão.

A mulher de óculos escuros gigantescos ao seu lado se levantou, deixando uma xícara de café vazia e um jornal dobrado em cima do balcão. Vilma varreu os olhos pelas manchetes:

"Tancredo Neves vence a eleição por quatrocentos e oitenta votos contra cento e oitenta do candidato governista, Paulo Maluf, e é o novo presidente do Brasil."

A eleição do novo presidente ocupava toda a parte de cima do jornal, refletindo o entusiasmo da população com aquela nova era.

"A Cidade do Rock tremeu mais uma noite com o show das bandas Scorpions e AC/DC."

Abaixo da manchete, a foto de um molecote de paletó, gravata, bermuda e boné, parecendo um pajem de casamento, segurando um instrumento e mostrando a língua.

"Justiça decreta a prisão do contraventor Andrezinho Mourão, sobrinho de Carmelino Mourão, iniciando uma guerra pelos pontos do jogo do bicho."

Um homem careca equilibrava os óculos escuros no nariz de bico de papagaio e caminhava cercado por quatro mal-encarados de terno.

"Tudo pronto para o julgamento da "Vampira Banguela". Assassina que matou oito homens será julgada no dia 21 de janeiro."

Vilma pegou o jornal e desdobrou. Maria das Dores aparecia na foto de cabeça baixa, cabelos desgrenhados e as mãos juntas, algemadas à frente do corpo.

Mais um apelido ridículo, coitada.

"Professora continua desaparecida. Família está desesperada."

"A professora Margarete Ávila Brandão, trinta anos, está desaparecida há cinco dias. A mulher foi vista pela última vez deixando a escola municipal em que trabalhava, no Irajá, Zona Norte do Rio."

A foto era de uma mulher de cabelos cacheados com um rosto simpático. Vilma se sentiu mal pelo marido da moça. Talvez ele a amasse de verdade e não fosse como Augusto, com seus altos e baixos, e oscilações de humor. Era cansativo viver alinhando toalhas, organizando a despensa por ordem alfabética, não repetir a mesma receita por duas semanas seguidas e tentar adivinhar o estado de espírito do dia. Fora o "não admito atrasos" em uma cidade com o trânsito do Rio de Janeiro.

— Mais uma mulher desaparecida... — O homem atrás do balcão espiou o jornal na mão dela. — Parece que é perigoso ser mulher por esses dias. Principalmente depois de certa hora...

— Sempre foi — Vilma respondeu e o comentário a fez encarar o relógio no pulso. Eram quase quinze para às seis da tarde e seu ônibus para o Recreio saía do ponto final às seis e dez.

Doutor Eliomar faria serão naquela noite. O júri de Maria das Dores estava marcado para vinte e um de janeiro, dali a cinco dias. Vilma já tinha visto o chefe se preparar para outros júris antes. Ele sempre aumentava o consumo de café e cachimbo; com isso, ela precisava deixar a garrafa térmica cheia, antes de ir embora. Tinha um pouco menos de vinte minutos para voltar ao escritório e deixar tudo no esquema e à disposição dele, antes de perder a condução.

Ao entrar no hall do Bolo de Noiva, deu de cara com as portas do elevador se fechando e a ansiedade ferveu em seu estômago.

— Ei, segura o elevador!

O clamor, porém, foi em vão.

Vilma descalçou os saltos quadrados e, carregando-os na mão livre, subiu correndo a escada em caracol. No meio do caminho, seu pulmão ardeu. Era, contudo, preferível aquele tipo de ardência à queimação na pele, causada por um tapa estalado, de deixar a marca avermelhada dos dedos.

Um misto de desespero e suor nublaram sua visão e ela pisou em falso na beirada de um dos degraus entre o quarto e o quinto andar. O escorregão a fez largar instintivamente os sapatos e o saco com meio quilo de *Caboclo* para aparar a queda. Tentava evitar um nariz estourado e um interrogatório tenso. Quase podia ouvir a enxurrada de perguntas — "que machucado é esse?"; "quem fez isso com você?"; "cê tá me metendo chifre, Vilma?". Augusto era do tipo que não admitia que outros tocassem na sua esposa. Esse era um *privilégio* só dele.

Ao chegar ao sétimo andar, a pontada no abdômen a impedia de falar. Entrou no escritório tentando arfar menos e foi direto para a boca do fogareiro, esquentar a chaleira deixada pronta. Se a chama a ajudasse, talvez chegasse ao ponto com o ônibus ligando o motor.

Doutor Eliomar conversava com alguém no telefone e nem mesmo reparou nos cotovelos vermelhos e nos fios bagunçados, grudados na testa.

— Almeida, tenho uma linha controversa pra defesa. Espero mesmo que funcione... Eu sei, sei que é difícil... — Ele massageou a têmpora, indicando o cansaço. — A minha cliente é mulher e, ainda por cima, pobre; tira o sustento da profissão mais antiga do mundo e isso é um tabu. Vai levar pecha de culpada antes mesmo do julgamento. É uma pena, mas o preconceito contra a coitada será o oitavo jurado na tribuna.

O tom era desanimado e ele ficou alguns instantes em silêncio, provavelmente ouvindo a pessoa do outro lado.

— Isso... Isso mesmo... Não é a defesa de um homem. Um homem caracterizado como passional, como Otelo, Don José, Doca Street, um coitadinho levado à tragédia por uma mulher fatal. Não é a história de um crime justificado *por amor*. Justificativa absurda, a gente sabe, né? Só que fascina a todos por causa da curiosidade em torno do adultério e do tanto de obras trágicas com o tema; e é exatamente por isso que eu quero ganhar esse caso!

Vilma gostava muito do patrão e não duvidava de sua competência, porém absolver uma mulher que tinha matado um homem já era tarefa árdua; mais ainda "a sensação das notícias", que tinha abocanhado oito homens com seus dentes apodrecidos. Na verdade, beiraria o milagre.

capítulo 5

A voz de Tim Maia recebeu Vilma no portão, aliviando a tensão, sua companheira por toda a viagem. Ainda assim, ela atravessou o quintal e entrou na casa com cautela. O marido, nos últimos tempos, era dado a rompantes. Uma hora, cantarolava *Um Dia de Domingo* enquanto descascava laranja sentado na cadeira do jardim; outra, apertava o braço dela como se fosse esmigalhar seus ossos por causa de um acidente com o ferro de passar, que vitimara uma de suas blusas de seda preferidas.

A música alta com o vozeirão melódico ecoava pela cozinha de azulejos amarelos disfarçando o *tec-tec* do salto quadrado no piso. Ao flagrar Augusto agachado com a cabeça enfiada no forno e um pedaço de jornal incandescente na mão, Vilma gelou. A travessa de lasanha, deixada pronta, aguardava na bancada da pia. Mesmo uma tarefa de casa tão fácil quanto esquentar uma lasanha não fazia parte do repertório dele, então aquilo significava o quê?

Como um animal acuado estudando o ambiente na tentativa de sair vivo, todas as hipóteses possíveis pipocaram na sua cabeça, mas suas pernas estavam concretadas ao chão.

Ele enfiou o pirex no fogão, virou para ela e sorriu; foi então que ela soltou o ar preso sem perceber.

"Até que a mulher que a gente ama, vacila e põe tudo a perder... e põe tudo a perder... Me dê motivo pra ir embora, estou vendo a hora de te perder..."

— Oi, Princesa! Você chegou bem na hora... — Augusto jogou o pano de prato por cima do ombro e baixou um pouco o volume do toca-fitas empoleirado em cima da geladeira. Em seguida, abriu os braços, indo na sua direção. — Eu já tava morrendo de saudade... — Os braços largos a apertaram contra o peito e ela sentiu o cheiro enjoativo da colônia de alfazema.

Ele tá de bom humor, graças a Deus! Vilma se permitiu ser abraçada, mas a tensão deixava seus músculos duros feito pedra.

— Ô mulher, relaxa! — Ele apertou os ombros ossudos disfarçados pelo blazer com ombreiras. — Vem beber uma cervejinha comigo. — Augusto a soltou para alcançar a porta da geladeira e, no percurso de três passos, um filhote de gato correu até ele.

— Visita? — Vilma apontou para o bichinho e a pergunta amargou sua boca. Desde o "pode beijar a noiva" eles nunca tinham recebido visitas. A princípio, ela havia entendido que o problema era o apartamento pequeno demais para receber alguém, mas há quatro anos moravam naquela casa grande, com uma varanda larga e agradável, perfeita para colocar uma mesa e quatro cadeiras ao lado de uma churrasqueira de ferro.

— Novo morador. Encontrei o bichinho na rua, passando fome. — Ele puxou o casco de Antártica da porta da geladeira... — Não suporto ver ninguém passando fome, cê sabe disso — e reencheu seu copo; depois encheu um segundo, deixando a espuma quase transbordar. — Gostou? — Estendeu a bebida na direção dela.

Vilma aceitou, apesar de não estar com a mínima vontade de beber, e meneou uma resposta silenciosa com a cabeça. Era verdade. Crescera rodeada de animais, de cachorros e gatos a bodes e pássaros, por isso conhecera bem um tipo de pureza que somente eles tinham.

— Agora vem cá, me dá um beijo. — Em um movimento rápido, Augusto chapou a mão no braço dela, enroscando os dedos entre o cotovelo e o pulso, e a puxou para perto.

O corpo franzino em comparação com o dele obedeceu ao puxão e só parou ao se chocar com seu peito largo feito um Fiat 147 batendo contra uma carreta. Ela quase derramou a cerveja.

Vilma ergueu o rosto, permitindo a ele o contato com seus lábios.

— Me desculpa por aquele dia que apertei seu braço, meu amor. Não sei onde eu tava com a cabeça... — Ele olhava dentro dos seus olhos. — Problemas no trabalho me deixam nervoso, você sabe, né?

Torceu meu braço, né?

Vilma sabia. Quer dizer, não exatamente. Sabia que, se Augusto ficava uma pilha, era por problema no trabalho. Sabia, também, que era algo relacionado à segurança de um empresário. Só não tinha ideia do tipo de tarefa que, virava e mexia, fazia-o explodir dentro de casa, embora desconfiasse de que não fosse nada rotineiro e, talvez, nem convencional. Tanto segredo deveria ter seus motivos.

"Fui teu amigo, te dei o mundo, você foi fundo, quis me perder..."

— Mas você sabe muito bem que deve fazer sua parte e não me irritar com coisas que já cansei de te dizer pra não fazer. — Os dedos rudes envolveram o queixo de Vilma e o apertaram.

Ela não era nenhum docinho de coco, mas, quando Augusto estava irritado, bastava respirar no mesmo cômodo para vê-lo estourar. Já fazia algum tempo que Vilma vivia dividida; às vezes, ansiava por uma viagem ao passado, com a ressureição da paixão e daquele olhar de admiração; a volta a um tempo no qual tudo parecia mais tranquilo. No entanto, já tinham convivido demais e a convivência havia desnudado o relacionamento e exposto toda a sua feiura. Ultimamente, na maioria das vezes, ela só queria acreditar que casar não se resumia a viver pisando em ovos ou aguardar a próxima explosão, seguida do pedido de desculpas. Vilma crescera vendo a mãe e as irmãs boiarem numa panela imaginária, como sapos. Um sapo boiando em uma caçarola não percebe a água esquentando, até que ela ferva e ele morra.

Augusto guiou o queixo arrebitado de Vilma, que lhe conferia um ar desafiador, na direção da própria boca alcoolizada.

— Que merda de beijo é esse, princesa? — Augusto franziu a testa. — Nem língua você me devolveu! Que que houve, hein?

— Não aconteceu nada. É só cansaço. — Vilma encarou o marido, a garganta arranhando, o copo escorregando pela mão suada.

Olhos vidrados e levemente caídos, mas ainda assim ameaçadores devolveram seu olhar. Ele virou de uma só vez a metade da cerveja que faltava para esvaziar seu copo, tirou dela o que ainda estava cheio e, de um gole só, bebeu tudo; depois foi em direção à bancada da pia, onde o casco o aguardava para o refil.

Em um movimento rápido e inesperado, arremessou um dos copos americanos dentro da pia de alumínio e cacos voaram feito estilhaços. O barulho assustou o filhote de gato, que saiu correndo pela porta da sala.

Sem pensar duas vezes, Vilma o seguiu.

A escada para o segundo andar ficava a cerca de um metro da porta da cozinha, em uma espécie de *hall* que também dava acesso à sala e ao lavabo. Vilma agarrou o corrimão de madeira para evitar que o salto com sola de couro escorregasse no degrau perfeitamente encerado — já havia beijado degraus demais naquele dia —, mas um puxão no sentido contrário evitou seus planos.

— Que que é, tá se enrabichando por alguém? Tá tendo um caso com aquele bode velho do teu chefe? — A voz arrastada, porém potente chegava nela por trás. Augusto a havia alcançado e a travava, segurando seu braço esquerdo, obrigando-a a desistir e enfrentá-lo.

— Para de besteira, homem... — contemporizou. — Só preciso tomar um banho e trocar de roupa. É cansaço, só isso. Me deixa subir. — Mantinha o pé direito ainda no primeiro degrau, virada de lado para ele, indicando que sua intenção de se livrar do contato permanecia.

— Cansaço? Cê tá me dizendo que trabalha tanto que não consegue cumprir suas tarefas de mulher, é isso? Você sabe que só te deixei trabalhar porque quis e pra você ajudar com a grana aqui em casa. — Ele a encarava como se conseguisse ler seus pensamentos. A veia do pescoço saltada marcava sua pele. — Então prova que é tudo bobagem da minha cabeça. — Augusto a puxou pelo cotovelo para perto de si. Com a mão livre, segurou a mão dela e a arrastou até sua virilha.

Vilma podia ouvir o atrito dos dedos no nylon do short Adidas, que ele usava sem cueca. Em um movimento rápido, ele puxou para o lado a barra da perna, colocando o pênis semiereto para fora.

— Senta aí na escada e põe na boca — mandou.

— O gatinho está miando, deve ser fome...

O cheiro do queijo derretendo e do molho à bolonhesa borbulhando nos cantos do refratário ultrapassou a cozinha. Era um cheiro de lar, de aconchego, que não combinava mais com aquela vida.

— Anda — ele insistiu.

— A lasanha tá no forno, amor, deve tá quase pronta. Vamos comer primeiro, é melhor. Você sabe que vai demorar...

— Foda-se a lasanha! Tá insinuando que eu sou broxa? — Ele forçou o pulso dela para baixo, fazendo com que Vilma se sentasse. — Pra falar a verdade, se você tá tão preocupada com a porra da comida, é bom não deixar queimar. Anda! Capricha que dá tempo.

Ele inclinou a pelve na direção dos lábios avermelhados dela.

Apesar de saber que não daria tempo, Vilma obedeceu e envolveu o membro dele. Só conseguia pensar em uma coisa enquanto sentia sua boca sendo preenchida pelo bolo de carne — que, naquele momento, talvez ela fosse o sapo, repetindo a história da família.

CAPÍTULO 6
17 DE JANEIRO DE 1985

Ele achava que se aposentar da polícia e pregar a placa de "Detetive Particular" na porta da salinha na Barata Ribeiro o transformaria instantaneamente no *Dick Tracy* Tupiniquim. Que ilusão!

Passados quatro anos, Téo já não contava com casos extraordinários, muito menos com a visita de uma *femme fatale* de piteira em punho, soltando baforadas mentoladas, implorando para ser ajudada em troca de um maço verde e rechonchudo. Não, nada disso. O que recheava seus dias e o ajudava a pagar as contas eram as tocaias constantes na Niemeyer, para flagrar o investigado deixando o Vip´s Motel. Todo mundo transava, menos ele.

Assim que bateu a porta e se agachou para catar os boletos dormitando no chão, a campainha soou. Não se lembrava de ter agendado ninguém. Infelizmente, a inflação abocanhava os poucos cruzeiros que ganhava e Téo precisara dispensar a dona Clotilde, sua secretária, relógio despertador, enfermeira particular e informante *premium* sobre os assuntos do prédio. Então, além de se lembrar dos compromissos, precisava controlar os remédios — para pressão, dor de estômago, alergia e colesterol alto. Contava que, com a recente eleição de Tancredo Neves, as coisas fossem melhorar e ele pudesse recontratar a faz-tudo.

A campainha, impaciente, tocou mais uma vez.

— Já vai, já vai!

Téo se olhou no espelho oval pendurado atrás da porta e apertou o nó da gravata, antes meio frouxo. Seus olhos felinos conferiam-lhe um ar de "sei o que você esconde" e o nariz, um pouco grande para o seu rosto, uma imagem de intelectual; talvez porque acomodasse muito bem os óculos redondos.

Passou os dedos no cabelo curto, baixo nas laterais, mas maior no topo, formando uma onda grisalha, que combinava com a barba rente, e conferiu as ombreiras do paletó; se estavam alinhadas perfeitamente com a divisa dos ombros — o terno era antigo e ele havia perdido alguns quilos. Só então, satisfeito com o resultado, meteu a mão na maçaneta.

Um desconhecido o encarava com o rosto franzido, como se estivesse com dor.

— Doutor Teobaldo, preciso muito dos seus serviços. Estou desesperado! — O homem levou as mãos à cabeça, bagunçando o cabelo, e fez cara de choro.

— Entra, entra... Só não repara. Minha secretária precisou faltar hoje. — Ele se postou de lado para liberar a passagem. — Por aqui, por favor.

Na pequena antessala mal cabiam a escrivaninha de tamanho infantil e uma cadeira. Com poucos passos, eles desembocaram em uma sala anunciada nos classificados como "aconchegante", mas traduzida na prática como apertada, em que uma estante de livros disputava espaço com um sofá, um globo terrestre desses de chão e uma luneta encostada na janela. A diversidade de objetos lhe dava um ar cosmopolita.

— Fique à vontade. — Ele indicou o par de cadeiras com assento de palha trançada.

Coincidentemente, o estranho escolheu logo a recém-operada. Téo havia emendado um dos pés do móvel com cola de sapateiro.

O detetive ocupou seu lugar: uma poltrona de espaldar alto, do outro lado da mesa; recostou-se e cruzou as mãos sobre o abdômen. Téo gostava de passar uma imagem profissional e séria. Lidar com a intimidade e segredos de alcova exigia postura, do contrário ele dificilmente conquistaria a confiança dos clientes.

— O que lhe traz aqui, senhor...?

— Marcos Brandão. Minha esposa já está desaparecida há quase uma semana e a polícia não tem pistas. — Ele deu uma olhada no velho escritório e se ajeitou na cadeira.

— O senhor não me leve a mal, mas preciso perguntar... Existe alguma chance de ela ter te deixado? Arranjado um amante?

O cliente esbugalhou os olhos e contraiu os lábios.

— Não! Claro que não!

Téo coçou o queixo. Não seria o primeiro homem a visitá-lo no escritório implorando por ajuda e, mesmo assim, negar o óbvio.

— Olha, muitos casos de desaparecimento acabam sendo casos extraconjugais. — A persiana horizontal levemente aberta marcava o homem, as paredes e a porta atrás dele com faixas prateadas.

— Minha mulher não me traía, doutor. Acho que me enganei em vir aqui. — Ele apoiou as mãos nos joelhos e fez menção de se levantar. — Pelo visto, o senhor não está por dentro das últimas notícias.

— Peraí, seu Marcos. — Téo desencostou da poltrona, que rangeu com o movimento. — O senhor é marido daquela professora desaparecida?

— Sim.

Um despertador aboletado na estante lotada de livros soou estridentemente. Marcos levou a mão ao peito e deu um sacolejo, incomodado com o susto e a interrupção.

Téo levantou o indicador, pedindo um minuto. Com passos curtos e rápidos, foi desligar o relógio.

— O senhor me desculpe — assumiu novamente seu lugar —, mas é hora do meu remédio. — O detetive enfiou a mão no bolso e puxou uma caixinha esmaltada, da qual tirou dois comprimidos e enfiou na boca. — Pode prosseguir, por favor.

— Margarete era uma esposa maravilhosa, muito dedicada e honesta... — A voz dele embargou e Téo achou melhor não interromper. — Ela vivia para a família e o trabalho. Amava dar aula. As crianças da quarta série eram a vida dela. — Ele passou as costas das mãos na testa suada. Em outras circunstâncias, isso poderia ser um indicador de culpa, mas o ventilador de pé estava quebrado. — Nós ainda não tivemos filhos, sabe?

Tentamos, tentamos, só que, até agora, nada. Minha mulher canalizava todo o desejo de ser mãe naquelas crianças, por isso eu sei que ela nunca sumiria de livre e espontânea vontade. — Marcos se levantou e passou a andar em círculos na frente da mesa. — Alguém sequestrou a Margarete! O senhor precisa investigar.

— Já teve algum pedido de resgate?

O homem se jogou na cadeira perneta e Téo chegou a vê-lo desabando de bunda no chão, mas a danada era resistente e a cola provou ter valido cada centavo.

— Não, nada! — Ele pareceu inquieto. — Pra falar a verdade, nem temos muito dinheiro...

— Então por que o senhor acha que foi um sequestro?

— Porque a Margarete não deixaria nossa casa, nossa família e os alunos dela sem que alguém obrigasse. — O visitante abaixou a cabeça e fungou. — Além disso, o zelador do colégio viu um carro largo e escuro circulando na rua.

Uma faísca de excitação aqueceu o peito de Téo. Alguns anos haviam se passado desde seu último caso criminal, o furto de um colar valiosíssimo, presente de um cônsul à sua esposa. Aquele caso envolvia um desaparecimento e possível sequestro, o que despertou no detetive um sentimento há muito adormecido por tantas investigações de infidelidade: a gana de proteger aqueles incapazes de se protegerem sozinhos e o desejo de resolver mistérios e garantir uma conclusão — possivelmente um hábito herdado do seu passado.

Téo viu muita merda na Civil e não se misturou. Também viu muitos registros se transformando em inquéritos arquivados por falta de informação e pistas que levassem à autoria — alguns por puro desinteresse de quem encabeçava a investigação; e ainda havia o famoso *sumiço*, um buraco negro que engolia registros de ocorrências indesejados.

— Alguma chance de o zelador ter gravado a marca e a placa?

— Parece que a polícia já conversou com ele e não conseguiu nada, mas o senhor pode tentar.

— Ok, seu Marcos... — Téo se levantou e indicou a porta, em um claro recado para que Marcos também se levantasse. — Aceito o caso. — O homem estendeu a mão e o detetive fingiu que não viu. — Diante das circunstâncias, farei um precinho camarada. Passa pra mim os últimos passos da sua esposa e o endereço. Hoje mesmo dou um pulo lá. — Encaminhou o cliente para a saída.

— Peraí, o senhor não vai anotar?

— Não preciso. Tenho um cérebro que é uma esponja, suga e guarda tudo, além de memória fotográfica. Pode deixar, que vou descobrir o que aconteceu com a sua esposa ou não me chamo Teobaldo Amargão.

Capítulo 7

— Minha cabeça tá explodindo. Deixa a porta da varanda fechada, por favor. — Vilma escondeu o rosto no travesseiro para fugir da claridade. Fingia uma enxaqueca alucinante.

Augusto a acordara para preparar o café da manhã, como fazia todos os dias, mas naquele ela simplesmente não estava a fim de papo. *Dane-se!* Ele que fervesse a própria água e enfiasse a porcaria da fatia de pão na torradeira. Obrigá-la — mais uma vez — a satisfazê-lo, ignorando completamente a sua vontade, fazia com que se sentisse violada. Não importava que ele fosse seu marido e que houvesse sido criada ouvindo que era esse o papel da mulher. "Agradar e servir ao seu homem" soava demais como obrigação e seu íntimo gritava que aquilo não podia estar certo.

Para falar a verdade, ela estava sendo compreensiva há algum tempo. O sexo entre eles vinha mudando. Augusto havia deixado de se contentar com o feijão com arroz e passado a buscar coisas diferentes. Coisas estranhas. Coisas que a machucavam e não lhe deixavam à vontade, que a levaram a consultas médicas. Se ainda tivesse contato com suas amigas, teria até vergonha de contar.

Essas *coisas* acabaram causando a escassez das relações. Ela sabia — a mudança na cama tinha uma razão escondida, porém tão evidente que chegava a ser ridículo o fingimento e o silêncio dele, como se nada estivesse acontecendo. Por mais que quisesse engravidá-la, Augusto não conseguia mais se excitar com o *normal* entre um casal e isso estava piorando.

Não era questão de posição. Desde a lua de mel, ele a adestrara a fazer o frango assado, cachorrinho, cavalgada, papai e mamãe, e a aceitar anal. Não, não era nada disso. Por alguma razão, Augusto só não brochava quando ela reclamava que ele a estava machucando. O fato de ter permanecido com o pau meia bomba dentro da sua boca por quase dez minutos era mais uma prova da sua mudança gritante.

— Bom, tô atrasado, vou tomar café na Oficina do Pão. Já alimentei o Barão. — O gato ronronava no colo dele e foi colocado na cama com todo o cuidado. — Você já avisou que vai faltar ao serviço? — Enfiou a capanga de couro embaixo do sovaco e passou a chave na gaveta da cômoda.

— Daqui a pouco eu levanto e ligo. Não estou conseguindo pensar de tanta dor.

Ele dobrou o tronco e lhe deu um beijo na testa.

— Vê se melhora até à tardinha pra fazer a janta. Hoje meu dia vai ser cheio.

— Pode deixar — Vilma forçou um sorriso.

Vai ver o jantar que vou deixar pra você. Ela mostrou o dedo do meio por baixo do lençol.

Aguardou o som do portão batendo e pulou da cama. Ligaria para o Dr. Eliomar, para avisar do seu atraso. A desculpa da cabeça martelando pulara da sua boca simplesmente porque ela não aguentaria servi-lo naquela manhã, bancando o papel da esposa perfeita.

— Vem, Barão, vamos tomar café, só nós dois... — Vilma pegou o filhote e o aninhou em seus braços; desceu as escadas, permitindo que o contato dos dedos com o pelo macio lhe acalmasse.

Com apenas uma mão, abriu a geladeira e pegou um punhado de carne moída cozida e sem tempero. Depois pegou uma tigela e serviu ao gato. Deixou-o se deliciando enquanto discava o número do escritório.

— Oi, doutor, bom dia!

— *Bom dia, Vilma, aconteceu alguma coisa?* — A voz soou preocupada.

— Nada demais, doutor, mas vou me atrasar um pouco... Desculpa por isso. — Com o fone apoiado no ombro, Vilma enrolava o fio emborrachado no dedo indicador quase de forma inconsciente.

— *Tem certeza? Você não é muito de se atrasar.*

— É só uma enxaqueca, doutor. — Ela sentiu algo macio esbarrando no seu tornozelo. Barão se esfregava nas suas pernas. — Já tomei remédio. Prometo compensar o horário depois.

— *Olha, vamos fazer assim... Já são quase nove e meia, e você não vai conseguir chegar aqui antes do horário do almoço, então pode tirar o dia para descansar. Eu vou ficar pelo escritório, estudando o processo da Das Dores, e acho que consigo achar o açúcar sozinho* — riu.

Vilma desligou, verdadeiramente agradecida pelo patrão compreensivo que tinha, e retornou para a cozinha. Doutor Eliomar tinha razão. Ela ainda vestia a camisa de dormir — que beirava os joelhos e tinha a estampa de um rosto amarelo sorridente. Seu cabelo gritava por uma lavada e seu estômago rangia, reclamando do buraco, acostumado a estar forrado naquele horário. Colocou água para ferver e duas fatias de pão de fôrma na torradeira. Enquanto aguardava o salto ornamental das torradas e o borbulhar da água, abriu a gaveta, para folhear o caderno de receitas e achar algo fácil e rápido para fazer com o frango que descongelava na pia.

Qualquer coisa serve. Ele não merece um prato elaborado...

A raiva voltou, ocupando o vazio na barriga. Vilma virou mais uma página. Aguardar a comida debruçada no balcão, esbarrando o dedo mecanicamente nas folhas, fê-la sonhar.

Ah, se ele pegasse uma salmonella...

Então um som baixo e distintamente metálico veio do quintal, como se uma chave raspasse um objeto de metal.

Vilma levantou a cabeça devagar e olhou através da janela. Não havia nada lá, apenas o varal com as calças e blusas sociais de Augusto estiradas ao sol. Ela virou o rosto e mirou Barão. Antes, ele lambia o próprio peito, deitado no meio da cozinha; naquele instante, estava com o pescoço ereto, alerta, mexendo as orelhas. Ele também ouvia.

Vilma esticou os braços, erguendo o tronco, decidida a procurar a origem do som, mas, quando deu o primeiro passo em direção à porta, o barulho cessou. Só ouviu o piar de um ou outro passarinho.

Deve ser algum vizinho... Peraí, não pode ser! Tem uns seis terrenos baldios entre a gente...

Um estalo metálico às suas costas fez Vilma levar a mão ao peito. Era o som da alavanca da torradeira liberando a torrada, indicando que o pão estava perfeitamente tostado.

Não é nada, deixa pra lá... Deu um tapa no ar e deu de ombros, girando o corpo na direção da torradeira disposta no canto oposto da bancada.

Rrrrihh, rrrihh, rriihh... O som voltou.

Vilma voou até a porta da cozinha, empurrou a porta telada em verde e esquadrinhou a área dos fundos. Seus olhos passearam do tanque com os baldes enfileirados ao redor à torneira do muro, que pingava na bacia abaixo de si; então voltaram para o varal suspenso por dois bambus. As calças *Dijon* e as blusas sociais estampadas se bronzeavam sob o forno do sol de verão. De vez em quando, balançavam suavemente à brisa fraca. Seu olhar, então, foi atraído para o vão entre as peças, do outro lado, nos fundos.

O quartinho do Augusto.

Seus pés descalços pisaram na pedra áspera e quente, grãos de areia e terra arranhando a sua sola. Barão a seguiu.

Vilma girou e sacudiu a maldita maçaneta com força, mas a porta não abriu. Circulou a construção. Havia uma pequena abertura na parede lateral do quartinho. Ela juntou alguns tijolos próximos e subiu. O basculante revelou um banheiro azulejado de branco, com um vaso sanitário, uma pia simples e um chuveiro elétrico, sem cortina ou ressalto no azulejo que delimitasse a área de banho.

Vilma nunca se interessara por aquele cômodo, um quarto de guardados, objetos velhos e sem utilidade para si; um depósito de quinquilharias masculinas, onde Augusto, de vez em quando, passava horas ouvindo música alta e enchendo a cara.

Ela estendeu os braços à frente da cabeça como se fosse mergulhar e passou metade do corpo pelo espaço apertado. Seus quadris mais largos do que os ombros entalaram. As pernas nuas rasparam na parede externa, na tentativa de apoiar os pés e impulsionar o corpo janela adentro. Não funcionou. Estendeu o braço para alcançar a pia. Os dedos esticados ao máximo a fizeram se sentir como um elástico a ponto de arrebentar. Uma dor aguda lhe avisava da possibilidade de uma distensão muscular, mas ela não teve tempo de considerar; as pontas dos seus dedos escorregaram pela beirada da louça, tirando todo o seu apoio.

Cacete!

Seus batimentos cardíacos foram ao céu com o escorregão e a percepção do perigo. Por um triz, escapou de ter o crânio rachado no assoalho.

Um puxão repentino a fez voar para trás e Vilma cravou a bunda na areia batida. As palmas das suas mãos queimaram. A areia dura funcionava como lixa.

— Tá procurando alguma coisa, princesa?

A voz amarga confirmou seu medo — Augusto tinha voltado para casa.

Ao erguer o rosto, fitou primeiro o saquinho de papel pardo salpicado de círculos engordurados.

— É, resolvi fazer uma surpresa pro meu amorzinho e trouxe uma porção daquele pãozinho de queijo que você ama, antes de tomar o caminho do trabalho. — Os olhos dele faiscavam.

— Eu... Eu... ouvi um barulho estranho vindo dali.

— Tá louca, mulher? Tá ouvindo coisa? — Ele arremessou o saquinho no chão, ao lado dos pés de unhas vermelhas. Seus dedos enroscaram no braço dela, acima do cotovelo, e Vilma jurou que a pressão da pegada deixaria marcas arroxeadas em sua pele.

Augusto a suspendeu com facilidade.

— Você tá arranjando desculpa pra futricar meus pertences? — Ele a apertava como se quisesse esmigalhar seu braço.

— Cê tá me machucando...

Augusto a arrastou pelo quintal.

— Ah, tô te machucando, é? — Ele trincou os dentes. — Você não pensou, né, que ia me machucar também, invadindo meu quartinho? — Sua voz soava como o latido de um cachorro que se aproximava para atacar. Cada palavra pronunciada parecia querer mordê-la.

— Tinha um barulho lá dentro! — Vilma acompanhava o marido com os pés embaralhando e quase tropeçou. — Para, Augusto!

Ao entrarem na sala, ele a arremessou no sofá. Vilma bateu com as costas no encosto e quicou, caindo no pé do móvel. Seu peito subia e descia rápido.

— Por que você se mete onde não é chamada? Viu o que me obriga a fazer?

Ele desabotoou o punho esquerdo e dobrou a manga da blusa social, repetindo o movimento com o punho direito. As veias de seu braço pularam, à mostra.

Vilma tentava se mostrar firme, apesar do terremoto interno e do suor escorrendo por baixo dos cabelos volumosos. À medida que Augusto se aproximava, maior ele ia ficando. Ela se sentia feito uma formiga encarando uma pessoa e ergueu as palmas das mãos acima do rosto e da cabeça, em um claro gesto de defesa.

Espremeu as pálpebras instintivamente, como alguém que percebe que o carro vai bater, e, pelas frestas do olhar, viu quando Augusto parou na sua frente, ergueu o braço e desceu com tudo. A lateral do seu rosto ardeu e, quase no mesmo instante, ela massageou o local.

Não vou chorar, não vou chorar...

Ele agarrou a mão dela e a levantou, porém não de um jeito violento. A ajuda, logo depois do tapa, não encaixava.

— Me desculpa! Me desculpa, princesa! — Augusto abraçou a cintura dela e a puxou para perto. — Eu não queria ter te batido... — Conduziu a cabeça dela na direção do próprio peito e a afagou na parte de trás, como se ela quisesse o seu consolo.

Vilma não respondeu.

Ele pousou as mãos nos ombros dela e a afastou, buscando olhá-la nos olhos.

— Fico meio irritado com algumas coisas que você faz, mas a gente acaba se entendendo, né? — Roçou as costas dos dedos no lugar em que a tinha acertado.

— Eu só ouvi um barulho vindo do seu quartinho e fui ver. Não era motivo...

— Não gosto que entrem lá e você ia estragar a minha surpresa. Você prometeu me honrar e respeitar, isso inclui minhas coisas... — Augusto voltou a abraçá-la e Vilma sentiu o corpo todo pinicar — mas vamos deixar pra lá, quero fazer as pazes.

— Tá bom. — Ela contava que, ao concordar, ele fosse logo embora.

— Fica aqui um pouco, quero buscar uma coisa... É só um segundo. — Ele indicou o sofá, do qual ela havia caído alguns minutos antes.

Vilma era uma tempestade, uma chuva de vento deixando um rastro de autodestruição emocional; descargas de raiva fulminando resquícios de bons sentimentos. Naquele turbilhão, seu único pensamento era que queria ficar sozinha.

Augusto retornou com um sorriso largo. Parecia empolgado.

— Essa era a surpresa que eu não queria que você descobrisse... Tcharam! — Puxou do bolso uma caixinha de camurça vermelha e abriu. Um par de brincos no formato de coração descansava no centro de uma almofadinha. Os pequenos diamantes da borda lembravam diminutas estrelas. Seu interior era verde-escuro vivo. Era uma joia digna da vitrine da *H. Stern,* nada de bijuteria.

Vilma apertou os lábios.

— Oh, meu anjo, não me olha assim, com essa cara de quem comeu e não gostou. Comprei especialmente pra te dar...

Ela não se mexeu um centímetro sequer.

— Anda... Não vai aceitar o meu presente?

A mão insistente estendida na sua direção era um convite intimidador e, ao mesmo tempo, quase irresistível. Ela já aproximava a mão dos brincos, quando mudou de ideia, como alguém que tinha encontrado um inseto colorido e brilhante, e, na dúvida da picada, desistido de mexer nele.

— Não entendo... — Vilma estava perplexa. Há minutos, fora tratada pior do que lixo e, em uma guinada atordoante, o tapa se transformara em carinho e um presente.

— Brigas entre casais são normais, não são? Não existe casal que não brigue... — Augusto deu uma pausa e respirou fundo — e eu só quero fazer as pazes. Se você não aceitar, vou achar que recusou meu pedido de desculpa.

— Eu não sei...

— Juro, princesa — com a mão livre, ele agarrou a mão dela e enfiou os brincos no meio —, prometo que quero ficar de bem e que não vou mais perder a paciência... Nunca mais. — Envolveu-a em um abraço e beijou o topo da sua cabeça.

Não era uma decisão fácil. Se, por um lado, estava magoada e andava triste por causa dos últimos meses, com ondas de desrespeito e agressões, por outro, nunca havia ganhado uma coisa tão valiosa e sentia verdadeiramente falta *daquele* Augusto.

— O que aconteceu contigo, Augusto, pra tá tão diferente? — finalmente soltou.

— É o estresse com o trabalho, muita pressão... mas aquele Augusto que chegou em casa com duas passagens para Foz do Iguaçu, porque era o seu sonho conhecer as cataratas, e aquele que, mesmo sem gostar de dançar, levou você à Estudantina, e o que caminhava de mãos dadas contigo na beira da praia quando você não trabalhava está aqui ainda. A gente viveu muita coisa boa, Vilma.

Era tudo verdade. Então, como se ele tivesse acionado um interruptor dentro dela, polaroides com momentos felizes desfilaram diante dos seus olhos — Augusto aparecendo cabisbaixo no hospital, com uma braçada de rosas para visitá-la, quando ela perdeu o bebê por ter se jogado no canteiro do quintal, fugindo de ser atropelada graças a um ponto cego e uma falha mecânica no freio do Opala; como ele a mimara assim que ela recebeu alta, comprando carne de sol, manteiga de garrafa e bolo de *puba* na Feira de São Cristóvão; os inúmeros cafés na cama que ele lhe serviu no início do casamento. Tanta coisa boa, contaminada por *alguns* momentos de irritação e desequilíbrio.

Vilma se sentia tão contraditória quanto ele, como se habitassem duas dentro de si; uma queria acreditar nos pedidos de desculpa e nas promessas de "não vai acontecer de novo" e "vamos voltar a ser como antes"; a outra só enxergava os próprios hematomas e receava que tudo aquilo estivesse longe de acabar.

CAPÍTULO 8

Téo estava cozinhando há pelo menos trinta minutos no banco do motorista da sua Brasília laranja 1978. O verão, no subúrbio do Rio, era um estágio nos confins do inferno. Ele conseguiria fritar um ovo na tampa de ferro do bueiro da CEDAE.

Fora do carro, também não era nenhum oásis. O vapor quente subia do asfalto e escalava suas pernas por dentro da bainha da calça do terno. Suava em bicas, apesar do guarda-sol disfarçado de sombrinha amarela com bolinhas roxas, que La Tanya esquecera no seu carro — a amiga tinha um gosto exuberante para roupas e acessórios — e contradizia seu lema de "ver sem ser visto, investigar sem ser notado". Era parecer ridículo ou virar um camarão e Téo fez sua escolha.

Às três da tarde em ponto, o enorme portão de chapa deu uma tremida e, pela fresta recém-aberta, passou um homem baixo e calvo, ostentando um bigode repolhudo, do tipo que cobria o lábio superior; preto, tão preto que, Téo podia apostar, o sujeito era cliente fiel da tintura *Grecin 2000*.

O homem saiu do colégio, parou na calçada e puxou um maço de cigarros do bolso da calça. Com a tragada, veio a tosse e uma cusparada esverdeada, daquelas pegajosas e espumantes. Ele olhou em volta, como se procurasse alguém, depois seguiu, caminhando com passos leves e largos, até a esquina. Téo o acompanhava de perto.

O sujeito percorreu alguns quarteirões, até parar ao lado de um senhor magricela com feições de rato, sentado em uma banquinha, quase em frente a um botequim. O magrelão tinha um bloco apoiado nos joelhos e fazia anotações logo depois de ser pago. Era um apontador do jogo do bicho.

Téo tentou se aproximar para ouvir a conversa fingindo olhar as revistas expostas na banca de jornal, ao lado.

— Ligeirinho, meu camarada, faz um jogo pra mim, aí. Tô com um palpite bom.

— Sem chance. O patrão disse que não é pra anotar mais nenhum jogo pra você. Se continuar devendo, malandro, ele vai cobrar de outro jeito. — As bochechas chupadas mal subiram com o sorriso.

O homem acariciou o bigode preto.

— Já me acertei com o Açougueiro, pode crer! Voltei a ter crédito, pergunta pra ele.

— Cê sabe o que o Açougueiro faz com quem mente, né?

— Não tô mentindo. Joga logo na cobra, tô com um palpite bom, porra!

O zelador conseguiu fazer a aposta e foi se sentar em uma mesa de fundo do botequim. Na sua frente, dois ovos coloridos, ofertados em um prato Duralex, e uma garrafa de cerveja suada, que estalava à medida que o líquido enchia o copo americano. Distraído, descascando uma casca tingida de azul, não percebeu a aproximação de Téo.

— E aí, amigão, posso te fazer companhia? — Ele puxou a cadeira de ferro para o lado, posicionando-a de forma a encurralar o bigodudo, e se sentou antes da reposta.

O ar gorduroso deixava uma camada pegajosa nos móveis e a mão de Téo voltou grudenta. A vontade de se levantar foi imediata — imaginava cada fibra de sua roupa absorvendo aquela mistura de poeira e óleo —, mas não podia; não podia perder o momento. Precisou se contentar com um punhado de toalhas de papel, do tipo quase translúcidas, arrancadas de qualquer jeito do porta-guardanapos. Nossa, como o trabalho exigia de si...

O homem arqueou o corpo, transformando a posição, antes relaxada, em ereta. A tensão em seus ombros foi se espalhando até as pontas dos dedos, que endureceram. Os lábios apertados indicavam sua relutância em abrir a boca.

— Juarez, sei que você é zelador do colégio José do Patrocínio. Meu nome é Teobaldo Amargão. Sou detetive particular, contratado pelo marido da senhora Margarete, a professora que desapareceu há quase uma semana. Ela foi vista pela última vez deixando a escola. Isso faz parte da investigação policial. — O homem olhava para ele ensimesmado. — Tenho acesso aos depoimentos e li o seu, mas senti que faltavam informações, sabe? Instinto de ex-policial. Resolvi bater um papo contigo... conversa amigável, só pra ajudar um esposo desesperado.

— Não sei de nada. — Ele balançou a cabeça. — Tudo o que sabia, falei pros *meganha*.

Só vagabundo ou malandro 171 se referia à polícia assim.

— Você sai todos os dias às três da tarde? — Téo encarava o zelador. Tentava decifrar o que se passava na cabeça dele.

— Aham.

O detetive apertou os lábios. Era um tique seu, quando estava prestes a perder a paciência ou ouvia algo que não gostava. Com o lábio superior ligeiramente mais fino do que o inferior, seu descontentamento resultava em uma linha no lugar da boca.

— E vem pra cá todos os dias, depois do trabalho? Faz uma fezinha no bicho, toma uma cervejinha, fica devendo à banca... — O rosto vermelho contrastava com o bigode preto. — Quem é o "Açougueiro"?

— Não é ninguém. — Juarez puxou o escarro do fundo da garganta e cuspiu no guardanapo levado à boca.

O estômago de Téo deu três saltos ornamentais e a mistura ácida de purê de batata com carne moída subiu feito bala de canhão. Obrigou-se a engolir o almoço pela segunda vez. Se saísse desembalado para vomitar na beirada da rua, perderia o sujeito.

— Peraí. — A palavra saiu apertada. O detetive tirou uma caixinha de comprimidos do bolso e engoliu dois a seco. Por pouco não se engasgou.

Sentindo-os presos na traqueia, deu dois socos na parte superior do peito e tossiu. Preferia morrer a beber água naquele lugar. — *Ram, ram!* Pronto... Podemos retomar. Você disse, no teu depoimento na delegacia, que não tinha visto a professora Margarete no dia onze, mas, quando o inspetor do caso perguntou sobre o carro dela, sendo que a chave não foi encontrada, acabou contando outra história. Você viu ou não ela passando pelo pátio, indo em direção ao portão, com a chave na mão?

Juarez tossiu, uma tosse carregada e molhada, e Téo tapou a boca e o nariz.

— Eu me enganei. Confundi os dias. Agora, se o patrão me dá licença... — O homem fez menção de se levantar.

Quando Téo resolveu fazer aquela visita, tinha certeza de que seria perda do tempo, mas, naquele momento, sentia que o zelador estava mentindo e ninguém mentia de graça.

CAPÍTULO 9
18 DE JANEIRO DE 1985

Augusto estava parado dentro do carro, na esquina da própria rua; a outra, pela qual Vilma não passava. Mirava seu portão enquanto girava o botão do rádio, tentando encontrar uma música que lhe acalmasse. Sentia como se uma corda grossa lhe prendesse ao banco e pressionasse seu peito, impedindo-lhe de saltar do Opala para buscar ar.

Porra, quase sete e quinze... Essa mulher não vai trabalhar hoje, não?

Uma poeirinha de chuva passou a salpicar o para--brisa. Se a chuva apertasse, ele perderia a visão por completo. O vidro embaçado e os pingos grossos explodindo na superfície do carro o deixariam no escuro.

Puta que pariu, Vilma, anda logo! Bateu com o punho no assento macio. Não aguentaria esperar até o final da tarde. Aguardava o momento propício há umas vinte horas e isso estava corroendo seus nervos. Precisava do seu quartinho.

Quando a haste de um guarda-chuva vermelho despontou do portão, Augusto esfregou as palmas das mãos na calça, liberando a tensão. A cabeça estava encoberta, porém ele reconheceu os saltos quadrados e o corpo que lhe lembrava uma pera, evidenciado pelo vestido reto até a batata da perna.

Acompanhou, com o olhar, Vilma andar até a esquina, analisando se ela rebolava muito, até vê-la sumir. O motor do carro rugiu baixo, atendendo ao comando da chave, e ele ganhou rapidamente a distância até a casa.

Alcançou sua capanga no porta-luvas e saltou. Deu uma corridinha até o batente do muro, fugindo da chuva. Não queria estragar o cabelo penteado para trás com gel. Como a distância entre o portão e o quartinho era bem maior, precisou correr. Ainda assim, ao trancar a porta de seu refúgio, gotas de chuva — ou talvez de suor — escorriam pela lateral do seu rosto, até serem absorvidas pela barba preta.

Seu LP preferido estava na vitrola. Foi só apertar o botão e posicionar a agulha na faixa que queria. A prensa mecânica, presa a uma bancada formada por uma tábua de madeira bruta apoiada em duas torres de blocos de concreto, uma em cada extremidade, também estava pronta, provocando-lhe um sorriso.

Tudo dependeria do humor...

Largou a capanga na mesa e foi até a geladeira. Se precisasse da arma, ela estaria ao seu alcance. A geladeira amarelo-pintinho ostentava alguns pontos carcomidos pela ferrugem, mas se mantinha firme e forte. Augusto alcançou a garrafa de água e um *Tupperware* com ensopadinho de carne e batata, restos do jantar de dois dias atrás; depois abriu uma das latas que ornavam a estante e tirou de lá um pacote com cinquenta unidades de colherinhas de plástico. Bastava uma.

De posse de tudo de que precisava, destrancou uma segunda porta, feita de chapas de ferro, que se abria para um cômodo acinzentado. Ali, bem no fundo, na parede contrária à da porta, estava a moça de cabelos frisados e olhos abusados.

Assim que ela ergueu o rosto em resposta ao guincho baixo da dobradiça, suas pernas reagiram com uma pedalada risível, uma tentativa pífia de se levantar e correr, mas a corrente curta que a prendia à parede de cimento a puxou de volta sem dó. O tombo no colchão fino foi inevitável.

— Ontem te deixei de castigo sem jantar por causa do barulho que você fez... — Augusto atravessou o cômodo com passos firmes e se agachou de frente para a moça. Colocou a garrafa de água e o pote de comida ao seu lado e mirou seus olhos estatelados, aflitos. — Se gritar, te mato.

— Com uma puxada vigorosa, arrancou a fita prateada que cobria a boca dela, deixando um desenho marcado em sua pele vermelha e inchada. — Você deve tá com sede. — Desenroscou a tampa de plástico branca e levou o gargalo aos lábios da moça, que bebeu em goles largos e desesperados.

— *Cof, cof, cof!* — A menina engasgou, fazendo a água voltar e pular da sua boca.

— Vai com calma, porra! — Ele limpou a mão molhada na calça. — Tá com fome?

Ela mexeu a cabeça para cima e para baixo.

Augusto pegou a colher que descansava em cima da tampa do *Tupperware* e destampou o pote. Com o mergulho, a colher voltou com um pedaço de carne picada envolta em um molho amarronzado.

— Toma. — Ele conduziu a comida feito alguém alimentando uma criança pequena.

A moça quase não mastigou as três primeiras colheradas de ensopadinho gelado.

— Você vai engasgar de novo, cacete! — Catou um pedaço de batata. — Toma, mas mastiga direito...

Assim que Augusto enfiou o pedaço de batata melado de molho na boca da moça, ela deu duas mastigadas e o cuspiu. Uma massa disforme acertou o rosto dele. Fragmentos de batata, molho e saliva salpicaram sua barba escura feito miolos estourados em uma parede branca.

Ele puxou um lenço do bolso do blazer de couro e limpou a bochecha e a barba. Passava o tecido devagar e com firmeza enquanto *engolia* os olhos dela e pedacinhos sólidos se desprendiam dos fios, caindo. Quando se sentiu suficientemente limpo, ficou de pé, foi até a parede e tirou uma chave do bolso, que serviu para soltar as algemas presas na corrente chumbada; então agarrou as mãos da moça, que estavam juntas, amarradas com uma corda grossa, e puxou.

— Vem cá, sua puta! — Augusto deu um solavanco e a moça tropeçou, sem conseguir acompanhá-lo. Ele a ergueu pelo sovaco. — Vou te ensinar a não desperdiçar comida...

— Na-não... Descul-pa... Des-culpa! — a voz soou aguda.

— Cala a porra da boca! — Ele enfiou os dedos nos cabelos frisados e arrastou a cabeça dela até si, enganchando o antebraço entre o pescoço e o queixo afrontoso.

Apertou. Sentia seu músculo contraído pressionando a traqueia dela. A moça se debatia feito um peixe fora da água. Afrouxou. Augusto podia ouvi-la puxando desesperadamente o ar. Apertou de novo, antes mesmo que a respiração dela acalmasse.

— Vem comigo.

Com a moça encaixada em seu antebraço, atravessou o cômodo e foi para o quartinho da frente. Parou ao lado da bancada.

— Tá vendo essa armação retangular aí em cima? — Apontou, com o braço livre, para um objeto abrutalhado, uma espécie de retângulo em aço, de quase meio metro de altura entre a base e o topo, vazado, nas laterais, com uma chapa na base inferior. Da parte de cima, pendia uma espécie de haste entre duas molas. No topo, uma alavanca. — Isso é uma prensa hidráulica de cinco toneladas. Um mecânico me devia. Fui fazer uma visitinha à oficina dele e quitei a dívida assim que bati os olhos nessa belezura.

Ela se debateu, em uma tentativa ridícula de se libertar.

Percebê-la confusa, mas aterrorizada, liberou nele uma corrente de prazer que fez seu pau pulsar. Ele finalmente estava tendo uma ereção.

Apertou a traqueia dela um pouco mais, até senti-la amolecer pela falta de ar, e, em um movimento rápido, retirou o antebraço; então, com uma mão enterrada em seus cabelos, guiou a cabeça da moça até a base da prensa, posicionando sua nuca no ponto exato do pistão. Girou a alavanca e parou. O pistão apertou o pescoço dela, mantendo-a presa.

— Se ficar se sacudindo, vai ser pior...

À medida que ele fazia um giro completo na alavanca, o pistão comprimia mais ainda o ponto escolhido. Parou ao finalmente perceber o silêncio dos braços e pernas. A moça não sustentava o próprio peso. O que a mantinha pendurada na mesma posição era a pressão da prensa.

Augusto se posicionou atrás dela para retirar seu corpo molenga e, ao esbarrar a pélvis em suas nádegas, a cueca de cetim que estava usando umedeceu.

Carregou-a nos braços até o banheiro. Assim que atingiu o ponto desejado, a menina liberou o esfíncter e a bexiga. Precisaria de um banho antes de transarem.

Ele a deitou no chão e, ao perceber seus olhos abertos, zanzando pelo cômodo, perguntou:

— Você prefere morna ou fria?

CAPÍTULO 10
19 DE JANEIRO DE 1985

Naquela manhã de sábado, Vilma se sentia feito o céu — apesar de azul-anil, nuvens esparsas se alternavam na tarefa de esconder e revelar o Sol, em uma espécie de indecisão climática.

Na noite anterior, atrasara-se quinze minutos para servir o jantar por causa do trânsito e Augusto, surpreendentemente, não criou caso. Encontrou-o bebendo uma cerveja, recostado à espreguiçadeira da varanda, ouvindo música. Nada de gritos e xingamentos ou puxões e novos tapas. Em vez disso, ele a tirou para dançar — mesmo odiando — e elogiou a comida.

Quando Vilma acordou, foi surpreendida com uma bandeja com suco de caju, pão francês fresco, café, queijo minas e meio mamão, além de uma rosa vermelha, que combinava com sua pulseira. A questão não era o ineditismo do gesto, até porque nada tinha de inédito — Augusto, no início do casamento, fazia muito aquilo —, mas ele ter retomado um ato há muito esquecido, que transpirava cuidado e carinho, passadas meras quarenta e oito horas do tapa dolorido e humilhante.

Vilma tomou um gole do café, com Barão aninhado entre as suas pernas, e um pensamento lhe invadiu. Augusto havia prometido não levantar a mão para ela de novo e, bem, os dedos estatelados não tinham ficado marcados em sua pele como tatuagem, no entanto não saíam da sua cabeça. Por outro lado, ele estava se esforçando, não estava? Já havia agarrado seus cabelos e quase lhe arrastado para fora da cozinha por um atraso muito menor do que o do dia anterior.

Ela dormira mais de oito horas, repondo o sono da semana, mas estava exausta. Era cansativo duelar consigo mesma e ficar ruminando cada atitude dele.

Pensou em pular da cama e ligar para a mãe, mas para quê? Da última vez, ouvira que casamento era daquele jeito mesmo e que um marido mandão e ciumento encheria as panelas e garantiria um teto melhor do que um *frouxo*. A questão era que a dona Cinira gostava de Augusto. Ele simplesmente agia como o seu pai e ainda mandava dinheiro para a compra da mistura e o tratamento da sobrinha, Amélia.

Vilma se levantou, pegou a bandeja apoiada na cama e a levou para a cozinha, finalmente decidida a seguir em frente, sem remoer os últimos acontecimentos. Passava a esponja no prato de sobremesa, lavando os farelos de pão e o sumo do queijo — um caldinho com cheiro de chulé —, quando ouviu o som de algo sendo arrastado no piso de pedra do quintal.

Augusto puxava uma mala daquelas de viagem. Não qualquer viagem, mas aquelas grandes, para viajar de avião.

— Ué? — Vilma saiu pela porta dos fundos, ainda com o prato ensaboado nas mãos. — Você vai viajar? — Assim que a pergunta saiu e ela viu o olhar de Augusto estreitar, as duas íris pretas que lhe lembravam mamangavas raivosas mirando seu rosto curioso, quase se arrependeu. *Quase.* — Isso mesmo. Perguntei se você vai viajar. — Indicou a mala preta com a cabeça. Uma fagulha de impetuosidade, ela sabia, mas a brasa sempre estivera ali.

Ele soltou a alça e coçou a barba.

— Se eu fosse viajar, você não acha que eu te mandaria lavar e passar minhas blusas preferidas? Então não faz pergunta idiota. — Augusto trincou os dentes e parou de falar, demonstrando que não lhe daria a resposta tão facilmente, e seguiu na direção do seu quartinho.

— Você vai viajar? — Vilma bradou às costas dele. Não era mais por curiosidade, mas uma pergunta legítima, porque ela não tinha nada de idiota.

Augusto estancou o passo e se virou; estalou o pescoço para um lado, depois para o outro e puxou a mala para a sua direita, tirando-a do caminho. Então deu três passos largos e decididos, mas, de repente, parou.

— Às vezes, acho que você gosta de provocar... — Ele respirou fundo. — Tá, olha só, princesa, eu juro que tô tentando... — Ele abria e fechava as mãos ao lado do corpo. — Não força, tá legal?

Vilma assentiu.

Uma das coisas que havia aprendido desde pequena, vendo as brigas dos pais, era escolher suas batalhas; e, uma hora ou outra, aquela pergunta seria respondida.

O feijão borbulhava na panela. Vilma abaixara a chama da boca, para que ele encorpasse. Gostava de um caldo grosso, lembrando chocolate, envolvendo os grãos, em vez deles batendo no fundo do prato e boiando em uma água amarronzada. O almoço estava quase pronto. Tinha feito feijoada, uma das suas comidas favoritas, que não era para qualquer dia, mas perfeita para aquele sábado.

Portando uma faca quase do tamanho do seu antebraço, fatiava a couve concentrada em não perder um ou dois dedos. As fatias precisavam ser bem fininhas para o seu refogado, com alho e pimenta biquinho. A porta telada bateu, sugando a sua atenção. Vilma não ergueu o rosto ou soltou uma palavra. Não estava a fim. Estava decidida a comer algo gostoso e se mimar; a ter um final de semana tranquilo.

Pela visão lateral, acompanhou o vulto parrudo caminhar até a geladeira, abrir a porta e pegar alguma coisa, que assumiu que fosse cerveja. Voltou a atenção para os seus próprios dedos, a um triz da lâmina, quando sentiu uma mão apoiada na sua cintura e um bafo quente em sua nuca.

— Sempre gostei dessa cintura de pilão, princesa.

Ela respondeu com silêncio.

Augusto interrompeu o toque e se pôs ao lado dela, sua lombar encostando na bancada da pia. Vilma sentia os olhos dele rastejando pelo seu rosto.

Ela parou o movimento da faca e o encarou.

— Tá, mulher, olha só, a mala é pra carregar uns discos e revistas velhas que eu vou doar. Vai pra um sebo, lá perto do meu serviço. Tá satisfeita?

Capítulo 11
21 de janeiro de 1985

Naquela segunda-feira, Augusto preparou o café, para que Vilma tivesse mais tempo de se arrumar e lhe desejou boa sorte, com direito a beijo de despedida no portão de casa e a um "não se preocupa com o jantar".

A sessão estava marcada para começar a uma da tarde. Faltando quarenta minutos para o início, Vilma entrou esbaforida pelo escritório. Trazia, apoiada nas costas, uma peça de roupa ensacada em uma capa de plástico. Segurava a ponta do cabide por cima do ombro.

Doutor Eliomar não era dado a superstições, porém tinha mania de usar seu paletó xadrez da sorte — feito em tweed — em julgamentos complicados. Acreditava que usar o tecido inglês lhe fazia um advogado perspicaz, digno de confiança e inteligente, mas Vilma só pensava que a roupa grossa e inadequada o faria desidratar no verão carioca. Além disso, se o paletó grosso era, de fato, um amuleto, o advogado precisaria de um guarda-roupas inteirinho para enfrentar o que estava prestes a acontecer.

Caminharam lado a lado com passos firmes pela Avenida Almirante Barroso. Enquanto doutor Eliomar parecia confiante, Vilma derretia por dentro. Não era ela quem teria que convencer "cidadãos respeitáveis" a enxergar o caso considerando os fatos e não a pessoa sentada no banco dos réus. Também não seria ela a carregar nos ombros o sucesso da absolvição ou o peso da condenação. No entanto estava nervosa pelos dois. Podia não ser estudada e inteligente como o patrão, mas tinha acompanhado muitos julgamentos e sabia que um mísero artigo definido implicava em uma diferença brutal no resultado.

Suas pernas bambearam quando percebeu que teriam que atravessar um mar de repórteres e curiosos estacionados em frente ao Palácio da Justiça para entrar no prédio. Parecia um circo. Rostos borrados gritavam ao vê-los abrindo caminho por entre a multidão e o espocar ininterrupto da máquina fotográfica lhe lembrava os estalinhos de São João. Quando finalmente se viu no plenário, foi tomada por um misto de alívio e apreensão.

O advogado espalhou, na mesa reservada à defesa, vários calhamaços e um bolo de fichas com anotações. Vilma se sentou na primeira fileira, em uma cadeira atrás da dele, para atendê-lo caso precisasse de alguma outra informação ou de ajuda para achar alguma anotação perdida.

A sala, com suas oito fileiras de cadeiras de madeira chumbadas ao chão, foi enchendo e, quinze minutos antes do início marcado, estava lotada. Promotor e juiz entraram no plenário como morcegos dançantes, com suas togas balançando, indicando que havia chegado a hora. Vilma retirou de uma bolsa a capa preta com babados de renda branca na gola e nos punhos e o cinto de cetim verde, e ajudou o patrão a se vestir. Amarrar a faixa na sua cintura não era tarefa fácil, graças à barriga conquistada pelo cabrito com arroz de brócolis e batatas coradas do Nova Capela.

— Podemos iniciar, doutores? — O Juiz conferiu seu relógio de pulso. Defesa e acusação assentiram com um gesto de cabeça. — Podem trazer a ré.

A plateia reagiu à ordem com uma onda de sussurros. Fragmentos de palavras respingaram nas primeiras cadeiras e, consequentemente, na tribuna. Das Dores era aguardada com uma curiosidade maliciosa, daquelas que faziam cercar praças públicas para clamar pelo apedrejamento de uma adúltera. Naqueles tempos mais *civilizados*, as pessoas se vestiam com suas melhores roupas e se sentavam em tribunais para ouvir os detalhes íntimos da desgraça de mulheres ditas indignas, mas a perversidade envolvida era a mesma.

O oficial de justiça saiu do plenário, acompanhado de um policial militar, e o homem de cabeleira branca e óculos retangulares puxou a armação para a ponta do nariz, fuzilando o público. Uma campainha alta soou pela sala.

— Senhoras e senhores, sei que o caso causa alvoroço, mas não vou admitir manifestações e bagunça no meu plenário.

Vilma havia ouvido do patrão comentários sobre o rigor daquele juiz. Se Das Dores fosse julgada por ele, provavelmente acabaria na cadeia. Por sorte, a decisão caberia ao júri. Doutor Eliomar contava em convencer pelo menos quatro. Se apenas quatro jurados acompanhassem a defesa, a absolvição aconteceria.

O grupo de sete pessoas estava sentado em um balcão separado. Apesar do silêncio, olhos inquietos entregavam certa ansiedade.

Vilma os analisava, na tentativa de prever o voto de cada um. Na primeira fileira, com três lugares, uma senhora de cerca de cinquenta anos foi a primeira a atrair seu olhar. Usava uma blusa de botões fechada até o pescoço e mexia insistentemente no pingente de cruz, preso a uma correntinha dourada. Ao lado dela, uma menina nova, com cara de estudante normalista, levantou o rosto e fitou Vilma também. Ela pulou, então, para o jurado seguinte, um rapaz de cabelo repartido e óculos de aros grossos, que lhe lembrava o caixa do banco Bamerindus, que descontava os cheques do Dr. Eliomar. Atrás dele, um homem de cabelos cacheados abaixo das orelhas e casaco de couro era a cópia do Sidney Magal, ao lado...

De repente, uma avalanche de caras e bocas fez Vilma se virar na direção para a qual todos olhavam. Maria das Dores parecia uma criança que herdara as roupas usadas de alguém maior. A camisa branca era praticamente um vestido e a calça jeans, além de larga, arrastava a bainha no piso. Mechas nervosas no topo de sua testa recusavam-se a ficar presas no coque, conferindo-lhe um ar desleixado, e a pele, antes viçosa, estava opaca e acinzentada. Era difícil acreditar que aquela mulher mirrada houvesse matado oito homens com o dobro do seu tamanho.

A acusada se sentou ao lado do doutor Eliomar e o odor azedo atingiu Vilma em cheio. O cheiro não era novidade para ela, mas, na primeira vez, Vilma se chocou quando soube que aquele era o cheiro do suor seco misturado ao papelão encardido e à falta de sol. Impregnado na pele e no cabelo, não havia roupa limpa ou perfume que o disfarçasse, entregando a procedência da pessoa.

— Vamos iniciar a sessão.

Quando Maria das Dores se sentou na cadeira de frente para o juiz para iniciar seu depoimento, Vilma sentiu falta de ar, como se a sala inteira prendesse a respiração.

— Não quis matar ninguém, não, senhor. A minha intenção, no começo, era dar prazer. O senhor desculpa o desrespeito, mas uma chupadinha gostosa, sabe? — A fala saiu de modo natural, como se ela tivesse esquecido onde estava. — Mas, depois, a coisa ficou agressiva. Pensei que ia morrer.

Vilma sabia que aquele tipo de comentário, em uma sala lotada de estranhos, envergonharia a maior parte das mulheres, mas não Das Dores, que, apesar de sua aparência lamentável, mostrava-se dona de si.

O juiz franziu o rosto, mas não a repreendeu.

— A senhora mordeu as vítimas por que pensou que fosse morrer? — ele perguntou e o tom de sua fala evidenciava certa descrença.

— O senhor falando assim, parece maluquice, mas não é. — Ela parou de falar, olhou para o Dr. Eliomar e ele meneou a cabeça, sinalizando que ela podia prosseguir. — Os *ômi* empurravam minha cabeça pra baixo, pro fundo da goela, e ameaçavam me bater se eu não deixasse eles fazerem o que queriam. Aí eu sentia meu rosto pinicar, uma dor no peito e tudo rodava.

— A senhora não se lembra do que aconteceu?

— Quase nada. É trauma...

— Como a senhora ficou com os dentes desse jeito? — O juiz não aparentou constrangimento com a pergunta. Era uma de suas características, explicada pelo Dr. Eliomar: o distanciamento dos fatos e das pessoas, para uma análise desprovida de parcialidade. Vilma, porém, achava isso balela. Para ela, era possível garantir imparcialidade sem se tornar uma pedra de gelo.

— Foi o Wando, seu juiz. Ele me fazia morder um pedaço de tijolo e batia com força, um monte de vezes. — Ela fungou. — Meus dentes já eram fracos, aí foram quebrando *tudo*.

Maria das Dores havia sofrido bastante nas mãos do ex. A coisa toda tinha começado com xingamentos e grosserias. O álcool funcionara como gatilho no início, porém passou a ser mera desculpa quando a violência evoluiu.

— O desgraçado chegava bebum e esfregava o hálito lamacento no meu cangote, querendo relação. Aí, uma vez, fingi que dormia, pra ele me deixar em paz. Eu tava deitada de barriga pra baixo, quando senti ele se enfiando em mim... a seco, doutor! Me rasgou, o filho da mãe! — Ela silenciou por alguns segundos. — Peguei uma infecção e mijei sangue por três dias. Fora a queimação nas partes, que doíam até a alma.

Vilma levou a mão ao peito e seus olhos pinicaram. Das Dores mal tinha começado a relatar as atrocidades pela qual passara e ela já via semelhanças com sua história. Augusto, porém, tinha melhorado, não tinha? Andava mais gentil. Havia prometido que nunca mais a trataria mal e estava cumprindo... não estava?

— Por que a senhora continuava com ele? — perguntou o juiz.

Das Dores pediu um lenço e enxugou o rosto com a mão trêmula.

— Porque eu não tinha lugar pra ir... — sua voz deu uma falhada — e também porque ele prometia não fazer mais. Logo depois que me batia, prometia nunca mais fazer aquilo. Dizia que tava arrependido e me tratava bem. Sempre pedia mais uma chance... — Ela assoou o nariz. — Aí voltava a bater. Às vezes, mais forte.

As palmas das mãos de Vilma estavam suadas e seu coração, acelerado. Era a sua história sendo contada pelos lábios de outra pessoa.

— Às vezes eu dava motivo, quando empurrava ele pra ficar em paz... ou quando xingava de volta; mas às vezes era de graça mesmo. Já levei safanão na boca de mão aberta enquanto servia o prato dele, só porque deixei cair macarronada na blusa que o desgraçado mais gostava.

O juiz se deu por satisfeito e passou a vez para acusação e defesa interrogarem Das Dores, mas Vilma não estava mais lá; não enxergava as cadeiras e balcões escuros, a cortina vermelha atrás da tribuna, o painel com uma figura apoiando as duas mãos em uma espada enorme. As cenas que se passavam diante dos seus olhos, como um filme, mostravam seu drama pessoal de forma crua. Cada memória aflorada lhe sacudia pelos ombros, como se dissesse "fuja dessa, mulher, antes que seja tarde demais!".

capítulo 12

Se Téo imaginasse, naquela manhã, que, no início da tarde, estaria no meio do matagal, nos confins do Recreio dos Bandeirantes, teria colocado umas galochas no carro e se besuntado com óleo de citronela. Estava sendo devorado por mosquitos do tamanho do seu polegar e as meias estavam encharcadas. Com certeza, teria problemas com frieiras ou pé-rachado.

Guanabara, seu ex-colega de delegacia, havia passado a dica e ficado na beira da pista, alegando um problema de hérnia de disco. Um corpo fora encontrado dentro de uma mala, no canal da Via Nove. Era uma mala preta, daquelas grandes, de viagem. Téo percebeu, da calçada, que a mala já tinha sido aberta, graças ao ar podre e estanque. A cada minuto na cena, sentia o cheiro grudando nas fibras de sua roupa e nas partes descobertas de sua pele. Isso lhe deixava ansioso.

Pelo tempo embaixo da água, por volta de cinco dias, talvez uma semana, segundo o perito do local, o corpo era um amontoado cinza de carne com cabelos escuros. Sabiam que era uma mulher, mas o inchaço e o descolamento da pele não permitiam um reconhecimento imediato.

— Será que é a tal professora desaparecida?

Téo escutou um policial militar comentando com outro. Era por isso que ele estava lá.

Téo trabalhara na polícia civil por quase vinte anos, até se aposentar por invalidez, permanecendo a maior parte do tempo no interno. Resolvera muitos casos juntando cacos de informação colhidos por outros. Guanabara fora seu parceiro por oito anos, mas os métodos dos dois divergiam. Então surgiu André, transferido de outra delegacia, e, com ele, o casamento foi perfeito.

André sabia das suas *manias* e tomou para si a tarefa de sair a campo e ser seus olhos nas cenas de crime. Carregava uma Polaroid e um caderninho, no qual fazia anotações detalhadas para análise. Téo lamentava que ele não tivesse mantido a parceria no escritório de investigação particular.

O amigo se cansara daquela vida. Em seu último dia de serviço, André contou que tinha comprado uma chácara no interior do Rio de Janeiro e almejava uma vida sossegada. Não seguiriam juntos, não seriam sócios no novo escritório e ele não teria mais olhos por procuração, poupando-lhe de crânios esmagados, corpos inchados e odores repulsivos. Herdara apenas a Polaroid, que agora carregava.

Como o rosto estava desfigurado, Téo resolveu tirar fotos das roupas. Puxou um lenço do bolso e amarrou por cima do nariz e atrás da cabeça, como os bandidos em filmes de Velho Oeste. Ouviu risadas baixas, mas deu de ombros.

Agachado, observou um pingente em forma de rosa como se brotando da carne inchada. Ao se aproximar, viu elos ovais cravados no pulso.

Quem fez isso deixou uma pulseira de ouro para trás? Por quê? Queria que a vítima fosse identificada?

Aquilo era estranho. Ele sabia que corpos deixados algum tempo na água eram como folhas de papel muito bem apagadas e a perícia ainda não conseguia fazer milagre; mas quem desovara aquela mulher tinha feito questão de lavar o corpo e deixar algo que possibilitasse a sua identificação.

Começaria o quebra-cabeça por essa peça.

Assim que bateu a porta do escritório, Téo arrancou a camisa e os sapatos, jogou o cinto no chão e foi pulando, trocando os pés enquanto tentava passar a calça por cada perna, até o banheiro. A água muito quente deixava sua pele ressecada, mas era a temperatura perfeita para limpar qualquer resquício de sujeira e eliminar micro-organismos indesejados. Tinha verdadeiro horror de pegar fungos ou bactérias que dão em cadáveres.

No início da carreira policial, trabalhara em um caso de vilipêndio para fins sexuais e a aparência do indivíduo pego transando com um corpo em pleno mausoléu tinha habitado seus pesadelos nos últimos quinze anos. A aberração tinha a mucosa do lábio superior e aquele pedacinho de carne que separa as narinas carcomidas. A gengiva e as coroas amareladas dos quatro dentes do meio ficavam sempre à mostra.

Depois de se esfregar com bucha vegetal e desligar o chuveiro elétrico com a pele pegando fogo, tomou dois antibióticos diferentes e, finalmente, pôde relaxar e analisar as fotos. Comparava a fotografia de Margarete no jornal e a que lhe fora entregue pelo marido com a foto da desconhecida dentro da mala. Os cabelos eram parecidos, mas em nenhuma delas a professora, viva, aparecia usando aquela pulseira.

Retirou o fone do gancho e enfiou os dedos longos nos buracos do discador.

— *Alô?*

— Seu Marcos Brandão, por favor.

— *É ele.*

— Seu Marcos, quem fala é Téo Amargão, o detetive particular que o senhor contratou. Tenho notícias.

— *Encontraram a minha Margarete?* — A voz deu uma leve falhada.

— Encontraram um corpo em um canal. A identificação oficial ainda deve demorar um pouco, mas pode ser ela sim.

— *Ah, meu Deus! O senhor está dizendo que Margarete está morta?*

Téo soltara a palavra *corpo* quase de forma natural. Investigava somente casos conjugais há tanto tempo que havia esquecido que, naquele caso, lidava com o familiar de uma vítima e familiares de vítimas sempre se recusavam a pensar no pior. Na verdade, muitas vezes nutriam esperanças de o impossível acontecer. Por esse motivo, esquecera completamente de preparar o terreno.

— Bem, seu Marcos, pra ser franco, não descarto a possibilidade, infelizmente...

— *Meu Deus! Meu Deus! Não acredito...* — O tom era desesperado.

— Acho melhor continuarmos pessoalmente. Seria o certo. O senhor tem condições de vir ao meu escritório amanhã à tarde?

— *Sim... Sim...*

— Então até lá.

Téo desligou, pensando nos próximos passos. Talvez fosse Margarete, talvez não. Para ele, isso não mudava a necessidade de descobrir o que realmente havia acontecido com ela.

CAPÍTULO 13

— Tragam a testemunha Wando Osmar da Silva.

O homem, de olhos empapuçados e rosto inchado, arrastou os pés até a cadeira indicada. Os botões de sua blusa estampada faziam força para permanecer dentro das casas.

— O senhor foi casado com a ré? — O juiz perguntou, logo que o homem se acomodou no assento.

Ele pigarreou.

— Fui não, doutor, sou. Nós não se *separamo*. — Ele virou o rosto para trás e deu uma olhada rápida na mulher. — Das Dô fazia safadeza sendo mulher casada.

— Então o senhor não presta compromisso de falar a verdade, será ouvido na condição de informante. O senhor, em sede policial, declarou que já tinha sido agredido pela ré. Pode contar o episódio?

O sapo pinguço encarou os jurados.

— Eu tava sentado na mesa da cozinha, tomando uma canjinha. — Ele voltou a encarar o juiz — O doutor sabe, né? Aquela comida de doente... Eu tenho um probleminha no fígado e, vira e mexe, passo mal. — Pigarreou. — Aí, do nada, essa maluca empurrou minha cabeça no prato. Quando levantei a cara com o caldo ralo escorrendo, ela tava segurando uma faca e ameaçou me matar.

— O que o senhor fez? — O juiz apoiou o queixo na mão, curioso com a resposta.

— Nada, doutor, não fiz nada... — O homem balançou a cabeça.

Dr. Eliomar se levantou e caminhou até a mesinha que amparava a garrafa térmica e a garrafa de água, localizada no canto direito da tribuna. Após se servir, escorou-se na parede e, bebericando do copo, encarou a testemunha com as sobrancelhas arqueadas, demonstrando sua insatisfação com o depoimento.

Vilma conhecia o chefe. Sabia que aquele seu tique indicava a convicção de que a pessoa mentia. O restante do depoimento foi uma sucessão de episódios, demonstrando como o ex-marido de Das Dores fora um anjo em aturar a mulher violenta e descompensada. As perguntas do promotor de justiça fecharam o caixão ao direcionar a testemunha a pintar um retrato demoníaco dela.

Dada a palavra à defesa, Dr. Eliomar se levantou com alguns papéis na mão e passou a andar em círculos ao redor da cadeira da testemunha.

— Senhor Wando, o senhor não prestou compromisso de dizer a verdade, portanto pode mentir sem responder por falso testemunho.

— Eu não menti. — O homem elevou um pouco a voz.

— Veremos... O senhor quebrou os dentes da sua esposa?

— Nunca toquei num fio de cabelo dela.

Das Dores balançou a cabeça e apoiou as mãos no tampo da mesa, como se pretendesse se levantar. Dr. Eliomar a encarou e, com a expressão séria, balançou o indicador para os lados, como quem dizia "fique quieta".

— Vamos voltar ao dia da *canjinha* — disse o advogado, retomando a inquirição. — O senhor alega que Maria das Dores tentou matá-lo ao apontar uma faca na sua direção, não é isso?

Ele assentiu.

— Por favor, o senhor fale alto.

— Sim!

— O senhor não sabe, mas tenho aqui uma carta, escrita por uma vizinha que ouviu os gritos da Das Dores...

— Ninguém tava lá além de nós dois.

— Eu não disse que ela estava lá, o senhor não me deixou terminar. — Dr. Eliomar parou em frente à pequena mesa de depoimento. — A vizinha, autora da carta, estava indo à casa de vocês e, quando chegou à porta, ouviu os berros. Acabou vendo tudo pela janela. Posso fazer a leitura para os jurados. — O advogado foi até sua mesa e pegou os óculos.

— Lembrei agora que a gente brigou e eu posso ter exagerado me defendendo — disse o homem de olhos inchados.

O promotor passava as folhas do processo de forma frenética, como se procurasse alguma coisa.

— Exagerado é uma forma sutil de dizer que o senhor agrediu sua ex-mulher enforcando-a e que essa cena da faca não aconteceu. Posso ler aqui...

Vilma prestava atenção na inquirição da testemunha, mas a agitação da tribuna a atraía como vitrine de padaria à mosca.

— Não, não precisa... — O homem desabotoou o colarinho. — Acho que não estou me sentindo muito bem...

— O senhor enforcou a Das Dores?

— Não estou me sentindo bem, seu juiz... Posso tomar um copo d'água?

O magistrado concordou com um gesto de cabeça e doutor Eliomar se ofereceu para buscar. Voltou da mesinha com um copo de plástico cheio e entregou ao homem.

— Enforcou ou não? Diz logo! — ordenou enquanto Wando levava o copo aos lábios, para, logo em seguida, cuspir parte da água.

— Isso aqui tá morno! — Secou a boca com as costas da mão e, virando-se para o juiz, disse: — Não tô me sentindo bem...

— Ah, desculpe. — Dr. Eliomar deu um tapa na própria testa e fez cara de inocente. — Devo ter confundido as garrafas térmicas.

— Excelência! — O promotor estava agitado. — Um aparte!

Doutor Eliomar fingiu que não ouviu.

— Enforcou ou não, seu Wando? Agora é a chance de o senhor ser homem uma vez na vida!

— Excelência! — O promotor se levantou, o rosto vermelho. — Olhei o processo de cabo a rabo e não encontrei a carta. Em qual folha dos autos está a prova, doutor?

Doutor Eliomar ignorou a interrupção.

— Enforcou ou não, homem, responda!

— Doutor, indique a folha! — O promotor balançou o processo no ar.

Wando abria e fechava as pernas e se abanava com as mãos.

— Sim! Sim! Aconteceu o que tá na carta... — Ele havia se reclinado na cadeira e esfregava o peito como se massageasse um lugar dolorido.

O promotor bateu na mesa.

— Excelência, essa prova não foi juntada! O doutor sabe que não pode trazer provas novas para o júri assim. Ele sabe que há um prazo a ser observado! Os jurados devem ser orientados a desconsiderar essa prova ou anulamos tudo.

— Não há nenhuma prova nova. — O tom de Dr. Eliomar era calmo demais, quase proposital. Ele se virou e deu seis passos até a tribuna.

— E a carta na sua mão? — O promotor apontou, a voz, esganiçada, demonstrando sua irritação.

O advogado de defesa jogou os papéis na mesa dele.

— São só fichas, feitas pela minha maravilhosa secretária. Não tem carta nenhuma.

Capítulo 14

Augusto tinha sede. Não de água ou de uma loura gelada — ao menos não das servidas em garrafas.

Como a Lua e a maré, ele tinha suas fases. Vivenciava momentos de tolerância e recolhimento; nessas horas, convivia melhor em casa e conseguia domar suas necessidades. Em outros, fervilhava de raiva, liberando a ânsia de maltratar e infligir dor.

O desejo macabro não era recente. Convivia com ele desde os oito anos, talvez antes. Nascera com os gemidos da mãe, confundidos, no início, com um gato machucado. Foi assim, berrando a plenos pulmões, que ele se fez notado.

No começo, Augusto havia escolhido ignorar esse sentimento como alguém que pisa na lama descalço ou pega um pedaço de comida do chão, fingindo não sentir as dores de barriga, obras de um verme melado e gordo que reside em seu intestino. O problema era que um parasita deixado de lado tende a, aos poucos, dominar o hospedeiro.

Durante os últimos anos de sua infância, o anseio em machucar fora alimentado pelos tapas e sacudidas sorrateiros que ele dava na irmã de quatro anos. A pequena bastarda se esgoelava sem motivo, atraindo toda a preocupação da mãe, mantida, assim, fora do quarto, tentando acalmar a menina asmática antes que ela parasse de respirar.

Já bem nutrida, a ânsia recebeu uma dose de vitamina quando, aos doze anos, um vizinho mais velho lhe mostrou umas revistas de sacanagem. Era aquilo, então, que sua mãe fazia com todos os homens que entravam e saíam pela porta de compensado? Aquele era o motivo dos cochichos quando ele entrava na sala de aula e das risadas escancaradas dos mais afoitos? Não fosse por Fininho, seu único amigo na turma — talvez o único em toda a sua vida —, Augusto seria um pária, um cachorro sarnento escorraçado.

— Sua mãe é uma vagabunda! — alguém, em um grupo na saída da escola, berrou.

— Deixa pra lá, cara. — Fininho sempre estava por perto, tentando aliviar a situação e fazê-lo se sentir melhor. Naquele dia, oferecera-lhe a mão estendida com os dois últimos caramelos. — Cê sabe que não é verdade, né?

— Acho que sei. — Augusto, porém, não tinha a mesma convicção. Agarrou o doce, desembrulhou o quadradinho e enfiou na boca, a saliva acumulando à medida que o caramelo ia grudando nos dentes.

— Vem! — O amigo deu um tapinha em seu ombro. — Vamos jogar uma pelada! — e correu rindo com Augusto em seu encalço.

Por um tempo, ele tentou, de verdade, acreditar em Fininho. Agarrara-se às imagens das panelas vazias e à conversa do amigo, mais esperto que ele, sobre sua mãe arranjar dinheiro daquele jeito e isso ser melhor do que morrer de fome ou morar na rua, tendo a calçada fria e suja como colchão.

Cada vez que chegava em casa e encontrava um homem diferente saindo do quarto com um sorrisinho satisfeito, as fotos das revistas se arrastavam para dentro da sua cabeça e Augusto enxergava o rosto largo e cansado da mãe nas mulheres de pernas abertas e olhos gulosos daquelas páginas. Em várias e várias noites, aquelas mulheres despudoradas tinham lhe rendido uma ereção e, de repente, eram a cara de sua mãe.

Os anos seguiram seu curso e, aos quatorze, a convivência se tornou insuportável. Era martirizante ouvir a sinfonia de grunhidos, xingamentos e o ranger da cama vazados pelas frestas da madeira enquanto ele se esforçava para não repetir de ano. Vê-la zanzando pela casa com os olhos semicerrados e os cabelos bagunçados, a alça da blusa puída caindo do ombro, fedendo a uma mistura de suor com Seiva de Alfazema, tinha sobre ele um efeito tóxico. Sua mãe tomava banho com a porra daquele perfume, crente de que as notas adocicadas disfarçariam o cheiro do macho recém-saído de dentro dela.

Augusto sentia como se tivessem aberto sua boca à força e enfiado colheradas e colheradas de ódio, até que seu corpo, tão lotado daquilo, clamasse por expurgar o veneno... e ele expurgou.

Farto dos ruídos da mãe, ia para a rua ensandecido. Batia na casa de Fininho, buscando companhia e alguém que despertasse em si algum tipo de sentimento bom, que lhe fizesse esquecer sua casa, seu inferno particular, tirasse de si a vontade de fazer besteira.

Conversar bobagens com o melhor amigo, jogar futebol, correr atrás de pipa, simplesmente passar tempo com ele lhe fazia verdadeiramente feliz. Fininho, no entanto, tinha pais preocupados, que se importavam com o filho e o faziam ir para casa quando o Sol se recolhia. Assim, Augusto sempre precisava voltar para seu abismo particular.

Aos dezesseis, Augusto rachou a cabeça de um moleque e ficou por um triz de ser expulso, talvez até preso. O menino lhe havia provocado, dizendo alto, para todos ouvirem: "Hoje vou na tua casa comer tua mãe". Fininho estava junto e, daquela vez, não tentou impedi-lo. Havia, inclusive, servido de olheiro. Escorado no poste, observou a esquina vazia, alertando Augusto sobre qualquer possível aproximação, possibilitando-lhe tirar sangue da bochecha carnuda e rosada do vacilão no muro chapiscado.

O incidente vazou e o melhor amigo acabou saindo do colégio e do bairro. Veio com uma história de que precisaria se mudar. O pai dele, gerente de um mercado, havia sido transferido de unidade. Iriam para Jacarepaguá.

Augusto não acreditou na desculpa. Era tão óbvio. Fininho se afastava porque ele era péssima companhia. Um delinquente filho de uma puta não merecia amigos. Sobraria a solidão de uma existência miserável, sem a única pessoa que, por seis anos, importara-se verdadeiramente com ele. Ficaria sozinho no mundo de novo.

Dias e dias sem Fininho ao seu lado, privado de sua válvula de escape, mergulhado em uma solidão angustiante, não deram em boa coisa. Augusto, imerso até os fios de cabelo em um sentimento corrosivo, encarava o colo suado da mãe, suas coxas roliças, a boca sempre contraída, e regurgitava. Não suportava ouvir a voz dela. Não suportava seu olhar de peixe morto, a prostração no sofá desbotado entre uma foda e outra, o jeito apático de não se importar com nada nem ninguém.

Em um acesso de raiva, para não a pegar pelo pescoço, agarrou o vaso que ela adorava — uma das poucas coisas bonitas da casa — e arremessou na parede. Estilhaços voaram pela sala.

— Nãooo! — Ela jogou os joelhos por cima dos cacos e segurou um objeto brilhante.

— Que isso, mamãe? — Sua irmãzinha sempre fora enxerida.

— É uma pulseira muito valiosa que a mamãe ganhou do seu pai antes dele morrer. Um dia, ele chegou do mar dizendo que tinham achado um tesouro e me deu isso de presente. — Ela passou o dedo na língua e esfregou a saliva no bracelete dourado repleto de brilhantes com o formato de um botão de rosa. O talo da flor, em ouro, enroscou em seu pulso sujo.

Augusto não entendia. Por que ela não tinha vendido aquela pulseira? Devia valer milhões. Teria sustentado os três por anos. Ela não teria precisado encher a casa de homens estranhos com a desculpa de manter as panelas cheias e garantir o tratamento médico de sua irmã.

Às suas perguntas, feitas nos mais diversos tons — raivoso, surpreso, chocado —, a resposta era sempre a mesma, um simples "porque não". Sem maiores explicações. Que tipo de mãe não pouparia os filhos daquilo?

A partir dali, um pensamento não o abandonou mais — *ela mentiu*. Os motivos, repetidos por anos e anos pelos quatro cantos da pequena casa a cada prato de comida recebido por ele e Judite, a cada calça ou blusa de segunda mão que ela precisasse cozer e ajustar para que coubesse neles, a cada botijão de gás comprado fiado, eram todos falsos.

O prazer em desprezá-la explodiu junto com a revolta. Augusto passou a descontar em lixeiras, placas de rua, carros estacionados e até em bêbados desacordados. Até que, um dia, sua mãe foi encontrada morta e a paz se apossou de si.

Havia se sentido uma panela de pressão por muito tempo, fervendo por dentro até finalmente romper a tampa e extravasar. A culpada de tudo havia ido para o quinto dos infernos e levado consigo o parasita que tinha se hospedado nele.

Essa foi sua conclusão de início, mas ele não demorou a percebê-lo ainda ali. Latente. Só aguardando.

Alguns anos depois, nos porões da Vila Militar, o verme não precisou rastejar, tentando se manter fora das vistas. Ao contrário. No interrogatório das presas, penduradas nuas pelos braços esticados como peças de carne no açougue, dominava-o, explodia, assumia o comando. Não que Augusto não fosse fazer o trabalho, como fazia com aqueles subversivos canalhas do sexo masculino. Nunca havia deixado um trabalho incompleto. Levasse o tempo que precisasse, a tarefa era sempre finalizada. Com as mulheres, porém... Ah, com elas a função tinha um sabor especial, ganhava um tempero.

Um misto de raiva, desprezo e asco o fazia desejar o rosto lavado por lágrimas, as súplicas, os gritos. Sua satisfação vinha da tremedeira do corpo nu e encharcado; do seu chacoalhar quando a corrente elétrica o percorria dos pés à cabeça.

Foram dezoito anos, até ele ser reformado, em 1978. Dezoito anos nos quais descarregara a ânsia no serviço, mantendo aquele prazer estranho encoberto pelo pretexto da *missão* dada. Então houve o incidente, quando o tenente responsável pelo plantão noturno o flagrou mortificando uma das presas, porque suas práticas, antes prediletas, não lhe satisfaziam mais. Ele havia evoluído. Necessitava de mais.

Seus superiores abafaram o ocorrido, mantendo sigiloso o julgamento realizado pela justiça militar, mas Augusto já antevia o resultado. Sabia que precisaria arranjar outra forma de extravasar, de alimentar o parasita gordo.

Sete anos de aposentadoria forçada tinham resultado em certa impaciência, em casa e no seu *hobby*. Havia sido assim que ele chegara até ali, depois de ter descartado a última mala no lixão de Gramacho.

O muro, de cerca de um metro e meio, dava ampla visão da janela da sala. A moça de cabelos cacheados batia o pó do tapete estendido no parapeito. Suas mechas claras, grudadas no pescoço graças ao suor, conferiam-lhe um ar selvagem.

Augusto tinha sede... e estava ali para saciá-la.

CAPÍTULO 15

Sem mais perguntas, o julgamento seguiu para o seu ápice. O show iria começar. Advogado e promotor teriam, cada um, duas horas para expor sua tese e mais trinta minutos para responder à fala do outro.

O promotor foi para cima com tudo. Abordou cada deslize, cada erro ou falha moral da ré. Até de uma discussão com a vizinha evangélica, por causa dos louvores berrados que invadiam, pelo menos duas vezes por semana, a casa de tijolos aparentes, ele falou. Construiu, para os jurados, a imagem de uma figura aterradora, uma mulher ruim — promíscua, egoísta e preguiçosa. Só faltou dizer que ela havia merecido cada violência sofrida.

Depois de deslegitimar a ré, focou no *dolo* e Vilma foi catapultada da sala de audiências para o escritório do chefe. Em sua memória, assistia a um doutor Eliomar andando em círculos enquanto explicava para uma Vilma atenta, de caderno em punho, o ponto principal do julgamento:

— Para uma audiência de júri acontecer, o crime precisa ter sido contra a vida, e a pessoa que o cometeu precisa ter tido vontade de matar. Se essa vontade não existiu, a decisão não cabe aos jurados.

— Mas é claro que a Das Dores não tinha a intenção de matar, doutor. Como ela iria saber que a mordida causaria uma infecção? Aqueles homens também não procuraram um médico. Se tivessem ido ao hospital, poderiam ter sobrevivido.

— O problema é que o meu colega vai com tudo no *dolo eventual*. Em termos leigos, é quando a pessoa não tem vontade de matar, mas assume o risco de produzir o resultado da morte. — Ele respirou fundo e coçou o queixo. — Isso me deixa meio que sem saída.

O advogado havia se debruçado sobre esse ponto por vários dias. Queria defender a tese da falta de dolo, segundo a qual Das Dores não ferira aqueles homens com vontade de matá-los, tampouco assumindo esse risco. Era, inclusive, no que, de fato, acreditava, mas haveria um problema se isso fosse defendido e acatado pelos jurados — Das Dores seria julgada pelo juiz. Caberia ao doutor Gilberto Luiz Carvalhosa Nunes o julgamento e a decisão.

— Vilma, preciso de uma saída! — O advogado passou as mãos na careca. Zanzava de um lado a outro atrás da sua cadeira, fazendo lembrar uma fera enjaulada. — Se eu defender a falta de dolo e ganhar nesse ponto, Maria das Dores com certeza será condenada.

— Como tem certeza disso, doutor? — Vilma deixou o caderno de lado e lhe serviu uma xícara de chá, para tentar acalmá-lo.

— Nos crimes de homicídio ou tentativa, por exemplo, se o acusado praticou o crime com vontade de matar ou assumindo esse risco, é o corpo de jurados que vai julgá-lo, e eu confio mais em conseguir uma absolvição com os jurados, que podem decidir como quiserem e não precisam explicar a decisão, do que com um juiz severo, moralista e pouco simpatizante, que a julgará se o crime for desclassificado para culposo. — Ele segurava a xícara de chá sem levá-la à boca. — Só preciso acertar a alegação da defesa...

— Então, se o senhor defender que ela não fez de propósito, Das Dores pode acabar sendo julgada pelo juiz e condenada?

— Isso mesmo! — Ele deu um pequeno gole, pousou a xícara na mesa e se jogou na sua cadeira. — Com certeza, o Gilberto a condenaria no culposo. Das Dores pegaria prisão de qualquer jeito. O problema é que preciso de uma tese de defesa que mantenha o julgamento pelos jurados e possibilite a absolvição, mas não estou encontrando outra.

— E se o senhor alegar legítima defesa?

— Legítima defesa só existe quando a pessoa afasta injusta agressão, atual ou iminente, usando meios moderados. Das Dores não estava sendo agredida quando mordeu as vítimas.

Vilma não contara para o patrão sobre a situação com seu marido. Ter vivenciado períodos de verdadeiro temor, nos quais qualquer gesto poderia resultar num empurrão ou tapa repentinos, fazia com que estivesse em uma posição de entendimento e compreensão. Por mais que o doutor Eliomar quisesse absolver Das Dores, era um homem e nunca enxergaria a situação da mesma forma que elas.

— Aí é que o senhor pode ter se enganado, doutor... e se Das Dores tivesse apanhado tantas vezes e passado por tanta violência que vivesse tensa, em constante posição de defesa, como um bicho maltratado, que, mesmo quando ganha um carinho, reage se encolhendo de medo ou atacando para se proteger.

Ele a olhou de um jeito engraçado e um meio sorriso se desenhou no seu rosto, erguendo a bochecha rechonchuda.

— Humm... Sabe que você pode estar certa? — Balançou o indicador no ar, de forma animada. — Vilma, sem querer, você me deu no que trabalhar. Voltei ao jogo! Voltei ao jogo!

E Vilma voltou ao plenário, assim que o Dr. Eliomar empurrou a cadeira para trás e se levantou com a toga esvoaçante, pronto para iniciar seu argumento.

— Ilustres membros deste júri... — a voz professoral ecoou pela sala e Vilma sentiu as batidas em seu peito aumentarem.

O futuro da Das Dores vai ser definido agora, ela pensou.

— Meu caríssimo colega, o promotor de justiça, desenhou um monstro. Contou para vocês uma história digna dos piores filmes de terror. — Dr. Eliomar gesticulava de forma agitada, parecendo um morcego parrudo batendo as asas. — Imaginem vocês uma mulher promíscua, endemoniada, talvez até com um pacto com o Capiroto. — A jurada sentada na primeira fileira acariciou o crucifixo preso no cordão. — Ela elabora um plano de vingança contra os homens que cruzarem seu caminho: matará a todos através do prazer.

A plateia não se conteve e uma onda de burburinho chegou à tribuna.

— Silêncio! — A campainha soou estridente quando o juiz falou, com as sobrancelhas franzidas. — Peço aos presentes que se mantenham em silêncio, do contrário mandarei esvaziar a sala. Continue, doutor...

— Obrigado, excelência! — Dr. Eliomar voltou a encarar os jurados. Vilma sabia que ele os olhava nos olhos, buscando uma conexão. Havia mencionado esse truque. — Bem, continuando... Ao aplicar sexo oral no parceiro relaxado e indefeso, incapaz de reagir, dadas as sensações que experimentava, a concubina infernal morde o seu órgão genital, ferindo-o e contaminando-o com bactérias mortais. — O advogado de defesa pausou a fala e ergueu os braços, para, em seguida, baixá-los, batendo as mãos na lateral do corpo. — Ora, senhores, pelo amor de Deus! Até eu condenaria a ré, depois de ouvir essa pornochanchada de terror.

A plateia se alvoroçou mais uma vez.

O advogado deu alguns passos na direção de Das Dores e apontou para ela.

— A criatividade do meu colega me deu uma tese de defesa possível, a negativa de autoria! Defender que Das Dores não era ela mesma quando mordeu as vítimas, que estaria possuída por algo ou alguém que comandava seu corpo, não é tão absurdo quanto pode parecer em um primeiro momento, mas não vou por esse caminho, pois não acho que a resposta esteja nele. O caminho que escolhi é menos fantástico e mais simples.

Doutor Eliomar pegou o arquivo em sua mesa.

— Os senhores já ouviram falar na Síndrome da Mulher Espancada?

Vilma olhou para o rosto de cada jurado, mas eles não esboçavam nada. Ela sabia que eles eram orientados a não manifestar gestos ou reações que pudessem entregar suas decisões. Ainda assim, tentava ler o que se passava nas cabeças deles.

— A Síndrome da Mulher Espancada é estudada por psicólogos do mundo todo. Surgiu nos anos sessenta, por meio da pesquisa de um psicólogo chamado Martin Seligman. Em resumo, senhores, ela explica que a mulher que sofre violência doméstica repetitivamente sem reagir um dia explode. Isso acontece porque ela não reage às agressões e, também, não denuncia a violência. Vive o ciclo de lua de mel, agressão, arrependimento e promessas de que a coisa não vai se repetir. É uma subcategoria do estresse pós-traumático.

Meu Deus, ele resumiu minha vida todinha! Vilma levou a mão à boca.

Doutor Eliomar fez sinal para que Das Dores se levantasse.

— Senhores, esta mulher, com menos de um metro e sessenta, apanhou tanto, que um gesto das vítimas foi suficiente para que tivesse certeza de que apanharia de novo. Isso despertou um gatilho. Na posição em que ela era mantida, com uma mão em sua nuca quase do tamanho da própria cabeça a forçando até a goela e a ameaçando, sua resposta instintiva para escapar da situação foi morder. Imaginem-se, senhores, na mesma situação...

O promotor se levantou.

— Excelência, um aparte! Um aparte! — O rosto dele estava vermelho. — O advogado de defesa está fazendo suposições sobre as vítimas, que não estão mais aqui para se defender e desmenti-lo.

— Meu ilustre colega, o Dr. Barbosa Teles, promotor há anos, é muito competente no seu mister, senhores jurados. — Doutor Eliomar se virou para o assento da acusação e bateu palmas. — É um homem bem pago e estudado, no entanto, o que o coloca em posição diametralmente oposta à da ré. Eu peço para que os senhores calcem os sapatos dela. A princípio, até para mim foi difícil; mas, depois de uma conversa esclarecedora, que me fez pesquisar sobre o assunto — ele olhou para Vilma —, enxerguei o trauma que a destroçou e fez reagir em *legítima defesa putativa*.

Vilma sabia bem sobre o que o doutor estava falando. Tinha sentido seus músculos doerem após tapas e empurrões, seu coração acelerar e a boca secar quando o ar se tornava denso, anunciando a chegada de Augusto. Sentira a faca da vergonha cravada nas costas, e a culpa. Sim, era culpada. Só podia ser. Não só por, talvez, provocá-lo, mas por permitir a repetição da vivência de sua mãe e irmãs em seu próprio casamento. A promessa, feita aos doze anos, ao testemunhar seu pai dando cintadas em sua mãe, de não permitir que seu marido a tratasse daquele jeito apontava o dedo na sua cara, cobrando-lhe uma atitude.

Doutor Eliomar ergueu a voz, captando novamente sua atenção.

— Senhores jurados — ele olhava para as sete pessoas na tribuna —, a *legítima defesa putativa* acontece quando a pessoa acredita que esteja em situação de agressão ou na iminência de sofrer uma. A própria ré, em seu interrogatório, afirmou que foi ameaçada pelas vítimas. Ela acreditava que seria agredida, que corria riscos.

O advogado pausou a fala e bebeu um gole d'água.

— Ora, ela vem de uma situação de violência reiterada em casa e de vulnerabilidade social. O ex-marido a mantinha presa em uma relação de tortura, chamada por ele de casamento, não só por meio da manipulação, mas também por questões financeiras. Das Dores foi, aos poucos, sendo quebrada, mental e emocionalmente. Acabou descobrindo que o mal existe e pode estar dentro do lar, ao seu lado, dividindo a cama.

Cada palavra estapeava Vilma pela semelhança entre os casos.

— Ter alguém a forçando a praticar sexo oral a fez enxergar o rosto do Wando naqueles homens e temer pela própria vida. Maria das Dores realmente acreditava que estava em perigo de morte e sua única forma de se defender foi mordendo. Esse foi o meio necessário que estava ao seu alcance. Seu dolo não foi de matar, foi de se defender!

Ele apoiou as mãos espalmadas na tribuna dos jurados, reclinou o corpo para a frente e fixou o olhar em cada um, como se buscasse tocar suas almas.

— Quando o juiz perguntar se a ré agiu acreditando que se encontrava diante de uma situação de agressão, atual ou iminente, peço que os senhores respondam que sim! Maria das Dores acreditava piamente nisso. Qualquer um no lugar dela faria o mesmo.

CAPÍTULO 16

Augusto se inebriava de expectativa.

Como fora uma criança pobre, nunca experimentara a empolgação misturada à sensação de que o tempo não passava nos dias que antecediam as datas comemorativas, como o Natal ou seu aniversário. Sem comidas especiais ou a bola de capotão desejada, era um dia como outro qualquer. Somente agora ele se presenteava.

A escassez de carros no trajeto possibilitava que mantivesse os olhos na estrada, mas a mente trabalhando no plano. Havia escolhido voltar para casa pela Sernambetiba e alongava o tempo no volante. A praia desfilava do seu lado esquerdo, marcando o passo com o arrebentar da espuma branca na areia clara. Do lado direito, a vegetação de restinga e a lagoa de Marapendi. A paisagem era deslumbrante, porém sua atenção estava presa nas cenas dentro da sua cabeça, ansioso para ter mais uma nas mãos.

Corrente, fita isolante, pinça de metal...

Aumentou o volume do rádio, que tocava O Fortuna, Carmina Burana. Ergueu a mão como se regesse uma orquestra.

— Tan, tan, tan, tan... tan, tan, tan, tan... tan, tan, tan, tan... tan... tan, tan! — Gesticulava de forma animada.

Pinças de bateria, gritos abafados, boca tapada, dedões do pé esticados, roçando o piso, buscando sustentação.

Um Fusca vermelho cruzou com ele. O homem ao volante virou o pescoço e o encarou. Tinha os cabelos aloirados e cheios contidos por uma bandana amarrada na testa; uma mecha encaracolada caía displicente por cima do tecido estampado.

Ele colocou a mão para fora da janela e mostrou o dedo do meio.

— Tá olhando o que, *viadinho*? Vai se *fudê*, sua bicha louca!

Nada estragaria o seu humor, nem mesmo ser cantado por um daqueles boiolas espalhafatosos — coisa que costumava tirá-lo do sério. Ele sempre ficava feliz quando iniciava os preparativos para a caçada.

Assim que a música terminou, a voz grave do locutor entrou no ar.

— *XYZ, Rádio 101,3 Antena Um FM. Encerramos o nosso programa Clássicos da Tarde com O Fortuna, a famosa abertura de Carmina Burana, do compositor alemão Carl Orff. Agora, com as notícias locais: uma mala com um corpo foi achada em um canal na Via Nove, rua importante do Recreio dos Bandeirantes. O corpo ainda não foi identificado, mas já se sabe que é de uma mulher. Policiais da 16ª Delegacia de Polícia estão investigando o caso e contam que terão uma identificação em breve.*

Augusto cuspiu uma gargalhada que preencheu o carro.

— Se acham que vão me encontrar... Idiotas!

Bem, às vezes idiotas têm sorte. Talvez fosse bom monitorar a investigação por meio de um civil que recebia mesada do bicho, só por desencargo de consciência. Augusto nunca havia misturado sua segunda profissão com seu *hobby*, mas sempre desconfiara da chegada desse dia.

Ao pisar em casa, bateu o portão da frente e atravessou o quintal com passos longos e rápidos. Subiu as escadas gritando por Vilma apenas para ter certeza de que estava sozinho. Sentou-se na beirada da cama. Inquieto, levantou-se e passou a andar ao redor do quarto. Tinha certeza de ter feito tudo direito, como sempre. Além disso, apesar da mala ter ficado submersa menos de uma semana, a água teria limpado qualquer deslize seu.

E a pulseira?

Passou as mãos na cabeça, sem tirar um fio do lugar, graças ao cabelo besuntado de gel e esticado para trás.

A pulseira não tem como ser rastreada.

CAPÍTULO 17

Alguma coisa incomodava Téo.

Ele havia se programado para ter um final de tarde e noite tranquilos, tentando obter novas pistas sem sair do escritório, porém um zumbido em sua cabeça, como uma estação de rádio sendo sintonizada, era um aviso de que tinha perdido algum detalhe.

Se o corpo for da Margarete, por que sequestrar e matar uma simples professora? Quem Margarete teria chateado? Se livrar de um corpo assim parece coisa grande. Jogo do bicho, tráfico de drogas, um maníaco?

O pensamento martelava sua cabeça. Se não lhe desse ouvidos, logo precisaria de uma aspirina.

Resolveu fazer outra visita ao zelador da escola. Chegaria a Irajá perto das oito da noite, mas acreditava que valeria a tentativa.

Encontrou o bigodudo encostado no balcão do mesmo bar de alguns dias antes. Do carro, percebeu quando o homem levantou o braço e gesticulou para fecharem a conta; depois saiu do estabelecimento com um passo mais lento e meio balançante. Daquele jeito, ele não tinha como ir muito longe. Resolveu segui-lo a certa distância e, quando o viu entrar em um estabelecimento sem letreiro e com um *armário* guardando a entrada, enfiou a Brasília na primeira vaga e saltou atrás.

Ao se aproximar da porta, Téo reparou no homem que a guardava e em suas narinas do tamanho de uma moeda de um cruzeiro. Um gosto ácido bateu no fundo de sua garganta. Apesar de suas *reservas*, sentia uma atração estranha, dessas que se sente ao passar por um acidente de trânsito fatal, quando, mesmo sem querer, nosso olhar é sugado pelas ferragens retorcidas e pelo corpo atravessado no capô.

Ultrapassada a entrada, um corredor longo, iluminado por lâmpadas vermelhas, apareceu. O ar fedia a cigarro e fritura em óleo velho. Tocava, em um volume ensurdecedor, uma das músicas mais curiosas que ele ouvira nos últimos anos...

Que raios é um abajur cor de carne?

A cena com a qual se deparou ao fim do corredor, contudo, emudeceu sua crítica musical — em um palco retangular no centro do cômodo, com dois nichos redondos em cada uma das suas extremidades, dançavam três mulheres seminuas, seus corpos e mãos se esfregando em um fino poste de metal. Mesas pequenas, de apenas dois lugares, apinhavam o espaço de frente para o retângulo principal e ao redor das duas ilhas. A plateia era formada por homens.

Téo encontrou vazia uma mesa a um canto, mais para o fundo do salão. A localização era ótima, mantinha certa distância do bigodudo, no entanto proporcionava uma boa visão dele em diagonal.

Disfarçadamente, retirou do bolso do paletó um pequeno frasco e um paninho, e esfregou o tampo da mesa e a cadeira na qual se sentaria. Seu último terno, que frequentou os botequins de Irajá, precisou ser lavado três vezes. Não cometeria o mesmo erro.

— O senhor vai beber alguma coisa? — O homem ostentava um penacho arrepiado no topo da cabeça e, por trás das orelhas aparentes, o cabelo comprido raspava na nuca. Ele alcançou o pano de prato apoiado no ombro e secou a testa.

— Tem... hum... água com gás?

— Só sem. Vai querer? — Ele já estava com o bloquinho em punho, pronto para anotar.

— Não... Não. Melhor não. O que você tem não alcoólico? — Não beberia água mineral natural servida ali de jeito nenhum. E se fosse da bica e ele pegasse uma verminose?

— Tubaína ou Grapette. Vai?

— Grapette. — Entregou uma nota. — Não preciso de troco, mas quero um favor...

O garçom se debruçou, aproximando-se dele como se soubesse que Téo estava ali buscando mais que uma bebida e um show de mulher pelada.

— Aquele bigodudo sempre vem aqui? — Fez um leve movimento de cabeça e o garçom o acompanhou.

— Ah, o Juarez?

Téo assentiu.

— Sim. Pelo menos duas vezes na semana ou quando ganha um extra no bicho, pra gastar com a Valdirene. Ela é a próxima no palco.

Assim que o garçom voltou com a garrafa de Grapette já aberta, Téo fez uma careta. Gastara dinheiro à toa. Antes tivesse exigido a abertura da tampinha na sua frente. Deixou o líquido borbulhante e roxo cobrir mais da metade do copo e ignorou as olhadas de canto do homem que havia lhe servido, provavelmente percebendo que ele não ingeriria uma gota daquilo.

Os primeiros acordes de uma nova música anunciaram o show de Valdirene. A preferida de Juarez era uma morena voluptuosa, de coxas grossas. Como um bom detetive, especializado em segredos de alcova, Téo usaria isso a seu favor.

Quando a dança terminou, Juarez se levantou e foi na direção da lateral do palco. Téo o acompanhou com o olhar e viu a mulher vindo dos fundos, já de vestido. Ambos saíram pela porta lateral. Ele disfarçou e os seguiu.

Naquele horário, a rua estava vazia. Postes espaçados, com algumas de suas luzes queimadas, conferiam ao trajeto um ar de penumbra, quebrado apenas por uma ou outra claridade vinda de uma janela ou varanda, ou da passagem rápida de um carro.

Mantendo uma curta distância, o detetive puxou a máquina fotográfica do bolso interno do paletó. Esperava conseguir alguns cliques comprometedores. Encostou o olho na lente, focando o casal que se agarrava embaixo da marquise e, então, tudo escureceu.

CAPÍTULO 18

Os jurados voltaram em fila da sala secreta.

Vilma fitava cada um deles, tentando antecipar sua decisão. A ansiedade borbulhava em seu estômago e acelerava seus batimentos. Muita coisa estava em jogo; a liberdade de Das Dores, o caso do doutor Eliomar e a validação da história delas.

— Todos de pé para a leitura da sentença — ordenou o juiz.

Os presentes não ousaram desobedecê-lo.

— Trata-se de denúncia oferecida pelo Ministério Público Estadual, em face de Maria das Dores Teixeira da Rocha, qualificada nos autos, pela prática do crime de homicídio consumado, tipificado no artigo 121, *caput*, cumulado com o artigo 69, ambos do Código Penal, figurando como vítimas Edgar Figueirôa, Osvaldo Mancebo Filho, Alírio de Lopes, Tércio Paulo, Ulisses Valins, Homero Sinval, Valdemar Uchôa e Francisco Lima Pereira. — O juiz deu uma pequena pausa e olhou para a ré.

Vilma teve um mau pressentimento.

— Continuando... Submetido a julgamento perante o tribunal do júri, o conselho de sentença, ao votar os quesitos, reconheceu a autoria e materialidade do delito, e negou, por maioria, a tese de legítima defesa putativa.

Vilma olhou para Das Dores. A mulher se mantinha de pé, os olhos abertos em dúvida e expectativa. Provavelmente não entendia nada daquele palavreado difícil.

— Senhora das Dores, o corpo de jurados condenou a senhora pela morte dos oito homens. Como juiz, passo a contabilizar a pena.

Dali em diante, Vilma não ouviu mais nada. A decepção a acertou como um soco. Receber a prisão como resposta à violência sofrida, como não-reconhecimento do direito de se defender, fazia a sala toda rodar. Um gosto azedo lhe subiu pela garganta.

Um grito agudo, seguido de um rebuliço, a catapultou do lugar mental no qual havia se enfiado, para assistir à mulher miúda e acabrunhada pela ideia de severidade transmitida por aquela sala, como se encolhida dentro de si mesma, transformar-se em pura fúria.

Das Dores agarrou a caneta usada para assinar sua sentença. A divisória de meio metro entre o plenário e a plateia não a conteve. Num piscar de olhos, ela mergulhou com a caneta em punho em cima do ex-marido e uma estocada certeira no olho esquerdo o fez berrar.

Agarrando-a pela cintura, dois policiais militares a retiraram de cima dele. Arrastada para fora da sala aos berros, ela deixou um rastro de pedaladas no ar e rostos chocados. Um ato desesperado diante da condenação de mais de trinta anos.

A justiça definitivamente era dos homens, apesar de ser simbolizada como uma mulher.

— Porcaria, Vilma! — Doutor Eliomar era tanto um cavalheiro das antigas que da sua boca não saía um palavrão. — Perdemos por quatro a três! Tenho certeza de que foi aquela primeira jurada, a de coque e blusa fechada até o pescoço.

Inconsolável, apesar do cansaço e das dores nos joelhos, ele se mantinha de pé na pequena cozinha do escritório.

— A que usava um colar com uma cruz? — Mesmo exausta emocionalmente, Vilma passava o café antes de pegar seu ônibus. Naquele dia, havia levado uma surra de catorze mãos.

— Sim. Ser religioso não significa viver os preceitos cristãos na sua essência. É muito provável que a jurada tenha condenado a Das Dores por ser uma mulher *da vida*.

Vilma também queria ser uma mulher da vida, mas não no sentido usado pelo doutor Eliomar. Havia se casado seguindo os rumos reservados para as mulheres e porque era o esperado pela sua mãe. Era verdade que havia amado o marido e se envolvido com ele rapidamente, até pela forma como tinham se conhecido, mas, apesar de toda a criação que tivera, servir a um homem e ser domada por ele nunca tinha feito parte dos seus sonhos de criança.

Se havia uma coisa para que o julgamento de Das Dores servira era para mostrar que ela, Vilma, não abraçaria o Diabo.

Não dá mais pra viver desse jeito... Tô decidida.

Apenas precisava arranjar rápido o dinheiro para deixá-lo.

CAPÍTULO 19
22 DE JANEIRO DE 1985 — MADRUGADA

— Cê tá me seguindo, meganha?

Os dois rostos que o encaravam foram se aproximando até se encaixarem e formarem um só Juarez. Téo sentia os dedos das mãos formigando e pontadas na cabeça.

Morri?

— Levanta, meganha. Um idiota tentou fazer um ganho em cima de você. Deve ser um malandro de fora. Depois aparece com formiga na boca... — Juarez estendeu a mão para ele, ajudando-lhe a se sentar na calçada.

Téo ainda estava um pouco tonto. Aceitou a ajuda com desconfiança. Realmente, o bigodudo estava a uns cinco metros de si quando lhe acertaram, mas quem lhe apagou poderia estar seguindo ordens dele.

— Você viu quem foi? — Téo olhou para o homem.

— De relance, quando o vagabundo tentou arrancar essa máquina fotográfica amarrada no seu cinto, mas você caiu agarradinho nela e ele vazou na pressa. — Juarez baforava fumaça para o alto e Téo não lidava bem com a situação de fumante passivo.

Apoiou-se no muro baixo de uma casa e se levantou. Bateu as mãos de forma frenética no paletó e na calça, preocupado com os germes que poderiam ter pulado da calçada suja para sua roupa. Então pegou o frasco do bolso e virou álcool nas mãos, esfregando-as até sua respiração desacelerar.

— Essa área é protegida por quem? — perguntou, mais calmo. — Pelo Açougueiro? Por isso que o trombadinha é de fora? — Téo percebeu uma leve tremida no bigode *Grecin*.

Juarez fitou Téo como se avaliasse se valia a pena abrir o jogo.

— Olha, meganha, não tô a fim de confusão... — soltou, finalmente.

— Se essa área toda é protegida, inclusive a rua do colégio, seria arriscado alguém de fora sequestrar a Margarete. Foi o Açougueiro que mandou fazerem ela desaparecer? Ela devia ao bicho?

O zelador não respondeu, não com palavras. Seus olhos abertos e o endurecimento de sua postura à mera menção do nome "Açougueiro" responderam por si sós.

Téo não insistiu. Não adiantaria espremer Juarez. Daquele bagaço, não restava nem uma gota. Ele, também, nem precisava; já tinha a sua resposta. Existem silêncios mais poderosos do que o som de um trovão.

Capítulo 20

Não tinha sido uma noite fácil.

Na verdade, nunca era quando ele perdia. Mesmo com vinte e oito anos de advocacia, Eliomar não digeria bem um veredito contrário.

Era claro que ele apelaria. Faria de tudo ao seu alcance para livrar Maria das Dores, mas não era só isso que lhe preocupava: Vilma não era a mesma. Antes, sempre com um sorriso largo no rosto fino, acompanhado pelos olhos tão expressivos, que tinham seu próprio linguajar, já fazia algum tempo, andava meio sorumbática.

Sua preocupação, porém, galgou alguns degraus quando testemunhou a reação dela ao fim do julgamento. Assim que Das Dores foi carregada algemada pelos policiais, Vilma desabou na cadeira do plenário e permaneceu estática por vários minutos, alheia ao burburinho da sala. Suas mãos, ao lado do corpo, tremiam levemente. Ela era aquele tipo de pessoa que se importava, mas aquilo parecia mais do que isso; Vilma tinha ficado abaladíssima com o resultado, como se fosse dividir a cela com Das Dores... Ou talvez se sentisse como a própria.

Ele testemunhava algo além da sua compreensão, feito um médico percebendo os sintomas, mas ainda incapaz de diagnosticar a doença. Tudo o que é oculto o é por um motivo; ou a coisa é tão feia que precisa ser mantida longe das vistas, ou segue escondida, preparando-se para atacar como uma fera à espreita. De qualquer forma, tudo o que jaz longe do Sol é perigoso. Era nisso que Eliomar acreditava.

Depois de passar a madrugada ruminando com a cabeça apoiada no travesseiro, decidiu procurar um especialista.

O Sol a pino fazia a sua garganta arder.

O trajeto entre a Av. Graça Aranha e a Cinelândia nem era tão extenso, mas Eliomar só pensava na tulipa dourada, com três dedos de espuma sedosa e refrescante circulando exposta, sem pudor, nas bandejas de metal erguidas acima das cabeças dos ágeis garçons do Amarelinho.

Era como desejar uma mulher casada. Sedutora, porém perigosa perdição. Assim era o chope ou qualquer outra bebida alcoólica para ele. Era por isso que tomava tanto café. Ao menos a preocupação ficava restrita ao buraco criado em seu estômago.

Escolheu uma mesa de canto, mais afastada, e pediu uma água com gás e uma porção de bolinhos de bacalhau. De certa forma, estar ali era uma espécie de teste. Fazia dois anos e meio desde a última recaída. Desde que Vilma o encontrara de samba-canção, caído sobre uma poça de urina, próximo ao vaso sanitário. Os olhares compreensivos dela não eram só relativos à sua falência humana; refletiam o entendimento do porquê de ser um escritório pequeno, sem sócios, com horas e mais horas de um telefone silencioso. A consciência do próprio fracasso, estampada todos os dias no rosto daquela mulher, que, apesar disso, recusava-se a abandoná-lo, fora o empurrão que lhe faltava para a nova tentativa de sobriedade.

Eliomar deu uma golada na água com gás e torceu a boca. Apesar das borbulhas, não chegava aos pés de um colarinho bem tirado.

— Essa careta aí é por me ver? — Téo brincou, pegando o amigo desprevenido. Eliomar estendeu a mão para o aguardado apertão, mas Téo, em vez de retribuir, puxou a cadeira. — Tem um tempinho já que a gente não se encontra. Passei, semana passada, perto do seu escritório, mas não subi para tomarmos um café.

Eliomar compreendeu o vácuo e não ficou chateado. Sabia das dificuldades do amigo. Ele ainda enfrentava suas questões e não mudara quase nada. As linhas duras do maxilar permaneciam em evidência, mesmo com a barba rente. Tinha apenas algumas mechas grisalhas a mais nas têmporas, que lhe agregavam certo charme e um ar de seriedade, bem-vindo na profissão deles. Os olhos castanhos profundos passavam a impressão de uma inteligência aguçada e observadora. Eliomar não entendia como um homem como Téo não tinha ninguém em sua vida. Por mais que fosse avesso a compromissos, deveria chover mulheres em cima dele.

— Alguma investigação?

— Digamos que "apenas verificava encontros fortuitos no meio da tarde". Você sabe que não tem hora mais propícia para a traição, né?

— Somos homens ocupados, mas isso não deveria servir de desculpa pra não botarmos o assunto em dia... — Eliomar interrompeu sua fala quando o garçom encostou na mesa com o bloquinho em punho, para colher o pedido.

— O senhor bebe alguma coisa? — O homem aguardava a resposta um tanto inquieto, olhando ao redor do salão apinhado.

— Um suco de laranja sem gelo, por favor. Por enquanto, é só... — e, virando-se para o advogado, Téo falou: — Ando querendo ficar gripado, sabe? Muito trabalho externo, molhando os pés e pegando sereno.

— Essas investigações conjugais estão puxadas, hein? — Eliomar agarrou um bolinho e mordeu devagar, saboreando a fritura perfeita.

— Na verdade, estou com um caso de desaparecimento. Aquele da professora em Irajá. Acharam um corpo em uma mala e pode ser ela. Vou encontrar o marido depois daqui. — Téo enfiou a mão no bolso interno do paletó e retirou uma cartela de comprimidos. — Cadê esse suco que não chega?

Eliomar não criticava o amigo por suas manias. Cada um deles expurgava seus demônios por vias tortas.

— Interessante como o ser humano tem a capacidade de normalizar as coisas mais terríveis e seguir vivendo. — O advogado suspirou com tristeza. — Achei que teríamos uma queda nos casos de desaparecimentos com a eleição do Tancredo, na semana passada. Tinha esperanças em uma nova era...

— Ah, mas esse desaparecimento tem motivação diferente. No início, pensei que ela estivesse traindo o marido, mas, agora, acho que... — Téo interrompeu sua fala assim que o garçom encostou ao lado da mesa, trazendo uma pequena jarra de vidro cheia de um líquido amarelo. Tirou um lenço de pano do bolso e passou dentro e fora do copo, para, só depois, derramar o suco lá dentro. — ...se for mesmo a Margarete, ela tá morta.

— O que te faz pensar isso?

— Ninguém aparece em uma mala à toa. Vou ver com o Guanabara, se tem outros casos de desaparecimentos inconclusivos...

Mais uma travessa de metal foi posta à mesa, com doze bolinhas douradas. A boca do advogado encheu d'água. Desde que parara de beber, passara a comer mais.

— Bom, ele foi teu parceiro por muitos anos, então... — Eliomar olhou em volta e se debruçou um pouco sobre a mesa, roçando a barriga na borda como se o encurtamento da distância entre os dois facilitasse o que ia dizer — não preciso te lembrar para tomar cuidado com o homem dourado.

O advogado sabia que, na polícia, existiam os confiáveis, como Téo, e os "homens de ouro", policiais que tinham passe livre para agir contra a ascensão da criminalidade, mas oscilavam entre o combate e a adesão ao crime organizado. Guanabara tinha relação próxima com Carmelino Mourão, barão do jogo do bicho.

— Mas é por isso que eu acho que ele é o homem certo. — Téo engoliu um comprimido e mordiscou um bolinho. — Agora vamos mudar de assunto. Me diz a razão desse encontro.

— Preciso que você investigue a minha secretária. — Eliomar soltou de uma só vez, antes que se arrependesse, e quase desejou a coragem garantida depois de cinco doses de uísque. Questionava se fazia o certo. Não enriquecera na advocacia, tampouco construíra um escritório de quinhentos metros quadrados, ocupando um andar inteiro, justamente por seguir sua consciência; entretanto, desta vez, ignoraria os apelos morais. Sentia que era o necessário, para o bem de Vilma.

— Eu a vi umas duas vezes, achava que fosse boa pessoa.

— Ela é! Mas tem algo acontecendo... Vilma anda diferente.

— Sumiu alguma coisa? Dinheiro na conta?

— Não, nada disso! Nunca duvidei da honestidade dela. Ponho minha mão no fogo... É alguma coisa de natureza pessoal. Ela não está bem. — Ele sentia isso. Algo acontecia quando Vilma voltava para casa.

— Deixa ver se entendi... Você quer que eu investigue o casamento dela?

O advogado deu um longo gole na água com gás antes de responder.

Estou indo longe demais?

Pousou o copo na mesa e, encarando o detetive nos olhos, que mal piscavam, soltou:

— Sim. Você é o melhor nesse campo. — Eliomar sabia que essa afirmação não seria refutada justamente porque ambos acreditavam nela.

CAPÍTULO 21

Vilma dava passos curtos e rápidos, apertando o punho como se carregasse o próprio coração dentro dele.

O julgamento de Das Dores havia funcionado como um alerta — seu casamento é um doente terminal. Silenciosa, a doença brotara aos poucos. Crescera devagar, contaminando progressivamente o organismo que a abrigava enquanto mantinha uma aura externa de perfeição.

Vilma havia tido seus momentos de se apegar à esperança de cura; como todo doente grave, até a hora em que a verdade dos dias contados lhe acerta com uma porrada daquelas de tontear e, então, o que resta é encarar o fim.

Era o que ela fazia enquanto seus saltos quadrados ecoavam na calçada de pedras portuguesa, encarava o fim do seu casamento. Tinha alguns quarteirões para percorrer até a agência do banco, na Almirante Barroso. Queria chegar lá antes do término do horário de almoço e antes de mudar de ideia. Seria o primeiro passo na direção de uma Vilma nova — pessoa que ela não tinha muita certeza de que existia.

Ultrapassadas as portas de vidro, encontrou um espaço enorme, repleto de pessoas circulando como formigas alvoroçadas em um formigueiro recém-pisado. Seu objetivo era o guichê do penhor.

Ao avistar a placa por cima do balcão, percebeu que precisaria aguardar alguns minutos. Uma senhorinha apoiava um lado do corpo na bengala e gesticulava para o funcionário responsável por analisar a joia.

— É um broche de família, meu senhor! — Ela bufou. — Esse preço está muito abaixo do valor real.

O homem a encarava por cima dos óculos redondos equilibrados no pequeno calombo do nariz. Seus olhos afastados não inspiravam simpatia, mas era o tom da sua voz, arrastado e levemente agudo, que fazia com que Vilma não gostasse dele.

— É o que nos propomos a pagar... É muito comum que as pessoas supervalorizem suas joias. — Ele estendeu o broche de pedrarias por cima do balcão, mas a senhora não o pegou.

— Está certo! — Ela bateu a ponta da bengala no piso. — Vou fazer o penhor.

— Por favor, preencha a papelada naquela mesa ali. — Ele apontou uma mesa vaga, destinada a acolher aqueles que, pelos motivos mais variados, chegavam ao ponto de precisar submeter objetos pessoais ou tesouros de família ao crivo de um abutre que sempre levava vantagem na negociação. — Próximo!

Vilma encostou no balcão, tentando manter uma máscara de indiferença. Se o abutre percebesse o quanto precisava de uma avaliação alta, tiraria proveito da situação.

— Pois não?

— Gostaria de saber o valor desses brincos. — Vilma abriu a mão e o par de brincos cravejados de brilhantes contornando um coração verde-escuro apareceu em sua palma suada.

O abutre soltou um pequeno gemido e abriu os olhos com espanto e cobiça.

— Que interessante... — Ele pegou um dos brincos, retirou os óculos e prendeu uma lente de aumento ao olho direito. — Há alguns meses, recebi uma joia idêntica. Era um exemplar único, segundo o proprietário. Tenho quase certeza de que é a mesma peça...

— Não deve ser. Ganhei do meu marido. Preciso colocar no penhor para ajudar minha mãe, que está muito doente — mentiu.

— Bom, a senhora tem um prazo para devolver o dinheiro e resgatar a peça antes que ela vá para leilão.

— Eu sei e pretendo fazer isso. Em quanto o senhor avalia os brincos? — Vilma consultava o relógio a cada frase trocada.

— Dez mil cruzeiros.

Ela torceu a boca. Não era um valor ruim, mas, na loja, aquela joia estaria custando pelo menos três vezes mais. Graças à inflação, não tinha uma ideia exata de quanta vantagem aquele dinheiro lhe garantiria, mas já era um começo.

Washington pediu ao colega do empréstimo para rendê-lo enquanto fumava um cigarro. Saiu do prédio e correu até o orelhão da esquina. Retirou do bolso duas fichas e enfiou no bocal. Discou o número, esticando o pescoço na direção do banco.

— Alôoo, é do açougue? Aqui é o Washington, da Caixa, ele tá aí? Não? Olha, tenho um recado pra ele... Tô com um filé mignon aqui. Acho até que é repetido, mas diz pra ele que é dos bons. Dá pra fazer aquele esquema maneiro. A mulher precisava muito da grana, não vai voltar pra resgatar.

Washington ficou alguns segundos em silêncio, ouvindo as instruções.

— Tá, ok, vou separar aqui a peça. — Deu um peteleco na guimba do cigarro, que voou para o meio da rua e quase acertou um carro.

Capítulo 22

Quando fechou a porta do escritório às suas costas, Vilma suspirou. Dr. Eliomar ainda não tinha voltado do almoço.

Correu até a cozinha, pegando a sacola com o açúcar comprado no caminho, e ensacou todas as notas. Alcançou o pote de café, guardado no fundo do armário, e enfiou o saco dentro do pó marrom escuro. As bordas do plástico ainda estavam à vista, feito uma mão ou um pé mal enterrado na terra. Vilma ajeitou o pacote com uma colher, cavando uma cama para ele, e cobriu com o pó jogado para os lados da lata. Assim que ergueu a colher, a porta do escritório bateu.

— Que ótimo, Vilma! — Dr. Eliomar apareceu na entrada da pequena copa. — Um cafezinho será providencial. Sirva três xícaras! Temos visita... — Ele indicou com a cabeça um homem alto, de olhos rápidos, que lhe lembravam um gato. A sensação de já ter vivido aquilo ou de conhecê-lo de algum lugar fez sua barriga doer. — Esse aqui é o meu amigo Téo.

— Olá, Vilma. — Téo acenou ali mesmo, do umbral da porta.

— Muito prazer. — Ela retribuiu o gesto. Reparou nas sobrancelhas grossas e quase unidas, e no jeito inquieto dele. — O senhor não me é estranho...

— Pode me chamar de você. A gente deve ter se esbarrado por aí. — Ele sorriu. Que pulseira bonita! Onde comprou?

— Essa aqui? — Ela passou os dedos nos elos dourados e mexeu no pingente de rosa, percebendo que Téo acompanhava o movimento com um olhar felino.

— Estou procurando uma igualzinha pra dar de presente... Essa seria perfeita!

— É uma pena que não posso ajudar. Também ganhei de presente. Meu marido me deu, no penúltimo Natal.

— Será que seu marido se importaria em dizer onde comprou?

Imaginar que Dr. Eliomar e seu amigo pudessem ter contato com Augusto e o que ele pensaria disso fez seu coração errar a marcha. Provavelmente acharia que ela estava dando para os dois e que a pulseira era só desculpa para eles conhecerem o trouxa.

— Augusto trabalha muito, chega tarde em casa. — Ela tentava manter um sorriso natural, apesar do receio alugando espaço na sua cabeça.

— Então vamos fazer assim... — Téo estendeu um pedacinho de papel com o desenho de um olho e uma lupa. — Toma aqui o meu cartão. Você pergunta e, se ele disser, liga pra mim.

Teobaldo Amargão, Detetive Particular... Caramba!

CAPÍTULO 23

É hoje!

Augusto bateu a porta do Opala e atravessou a rua. Cantarolava baixinho "Deixa eu te amar", do Agepê, enquanto mirava a casa simples de muro baixo, próxima à esquina. Irajá era a sua área. Não era o rei, mas era o dono das ruas. Nada acontecia sem seu conhecimento ou vontade.

O calor do subúrbio não lhe incomodava. O Irajá não tinha a brisa vinda do mar, como o Recreio, porém ele adorava o bairro; adorava os pés-sujos e seus cachaceiros, as casas simples com mosaicos nas fachadas, as guerras de pipas, as bancas de jogo do bicho e as rodas de samba; adorava principalmente a tensão nos rostos e olhos arregalados dos acumuladores de vacilos ou dos que sabiam da sua fama.

Quando chegou em frente ao sobrado, empurrou o portão baixo de ferro depois de abrir o trinco. Passou pelo pequeno quintal formado por cacos de pisos de cerâmica e meteu a mão na maçaneta como se estivesse chegando à própria casa.

A sala não era grande e estava escura, apesar da tarde ensolarada. Um cheiro de cigarro misturado a suor azedo invadiu suas narinas. Ao ultrapassar o umbral, tirou os óculos escuros espelhados e piscou algumas vezes, acostumando a visão à penumbra.

Seu anfitrião estava sentado em uma poltrona. A mesinha de centro à sua frente estava lotada de garrafas vazias e pratos com restos de comida. O tapete que Augusto vira sendo espanado, coberto de farelos e papéis de salgadinhos. O safado, ainda por cima, era porco.

— E aí, Anestor, seu prazo acabou. Conseguiu a grana? — Enfiou os óculos no bolso da camisa estampada com padrões geométricos e coçou a barba.

— Ainda não, me dá mais um tempinho... — A brasa do cigarro, mais intensa com a tragada, clareava de leve o rosto oleoso de Anestor. — Tô com um dinheiro pra sair hoje, mais tarde. Corrida de cavalo. Me passaram uma barbada...

Augusto deu passos curtos até se postar de frente para a poltrona e um som alto e seco ecoou pela sala. O corpo de Anestor balançou no assento com o tapa. O cigarro voou e caiu no piso de ardósia.

Augusto andou calmamente até o cigarro ainda aceso e o esmagou com o pé.

— Já te dei tempo demais.

Dos olhos do homem escorria ódio no lugar de lágrimas.

— Você já sabe o que precisa me entregar em troca da sua dívida paga.

Anestor massageava a bochecha caída enquanto o encarava de lado. Augusto sabia que, apesar do orgulho ferido, ele não faria nada. Não tinha saída. Devia vinte e dois mil cruzeiros e já perdera dois prazos de pagamento. Não haveria um terceiro. Sua data limite era aquela. Ou pagava, ou morria. Essa era ordem de Carmelino.

No entanto, em algumas situações propícias, Augusto negociava. Tinha dinheiro para repor o rombo. Com a experiência de anos na caserna, imiscuir-se com o mercado paralelo e dominar algumas de suas rotas não tinha sido difícil. Ele ganhava muito com o contrabando de bebidas, cigarros e calças *Lee*. Além disso, tinha sido presenteado com duas pequenas bancas por Carmelino, que lhe tinha em alta conta.

— O material que você aprovou tá no ponto. Consigo pra mais tarde. — Anestor fungou e esfregou as costas da mão, limpando o ranho.

Augusto ajeitou o revólver .38 no cós da calça e puxou do bolso um pequeno frasco.

— Encharca um lenço com isso aqui e cobre o nariz dela. Você tem até o anoitecer... Se me entregar a mercadoria, sua dívida tá quitada. Se não entregar, escolhe bem tua última refeição.

Capítulo 24

Augusto encostou o Opala em frente à casa de Anestor. Agarrou a maçaneta da porta do carro, mas não abriu. Sua mente fervilhava com as últimas informações recebidas.

Havia passado no *escritório* naquela tarde e o recado do seu contato no banco lhe surpreendera. Negociava frequentemente com Washington, que era experiente em analisar as pessoas que penhoravam suas joias. Tantos anos de serviço tinham lhe conferido a capacidade de identificar aqueles que precisavam muito e urgentemente do dinheiro, e não retornariam para resgatar o bem penhorado. Confiando em seu instinto, Washington escolhia a vítima, pagava-lhe um terço do valor da joia, trocava o nome no contrato por um nome fantasma e repassava para Augusto. O documento permitia o resgate da joia pela mesma quantia paga, antes do leilão. Washington recebia uma comissão de vinte por cento do preço alcançado no mercado clandestino.

Descobrir que os brincos de brilhantes e esmeralda que dera para Vilma tinham retornado ao penhor levados por ela fez as veias de seu pescoço pulsarem e o gosto de bile explodir na sua boca. Acabou socando o volante duas vezes.

Vilma estava precisando de dinheiro por quê? Seria para algum aproveitador? Ah, se ela estivesse tendo um caso... A mera imagem dela na cama com outro elevou a temperatura dentro do carro. Não admitiria que sua mulher lhe metesse um galho na cabeça. *Não, não mesmo.* Apertou os punhos com a lembrança do vaivém no barraco da infância. Havia construído uma vida de casado perfeita, dado a ela do bom e do melhor, nunca deixando faltar comida na mesa... Não admitiria que ela lhe deixasse.

Vou ter que lidar com você mais tarde, pensou, visualizando o rosto anguloso de nariz em pé e olhos debochados como se ela estivesse à sua frente. Antes, porém, terminaria o que havia ido fazer ali.

Pulou do carro e entrou na casa a passos firmes. Em menos de cinco minutos, saiu pelo pequeno portão, carregando no ombro o tapete da sala enrolado como um canudo de biscoito.

— O senhor está mentindo pra mim, seu Marcos? — Téo encarava o cabelinho dividido ao meio e a cara de fuinha ao mesmo tempo em que se perguntava se aquele almofadinha seria capaz de tentar enganá-lo.

Marcos não era bronzeado, mas seu tom amarelo-pálido denunciava — alguma coisa estava para feder.

— Claro que não, Dr. Teobaldo! Não sou homem de mentir.

— Em nenhuma das fotos que o senhor trouxe, a Margarete aparece usando essa pulseira. — Ele apontou para o pulso acinzentado retratado em close no par de fotos sobre a mesa. Quase podia sentir de novo aquele cheiro de carne podre se agarrando às suas narinas e isso lhe fez desejar fervorosamente um banho.

O homem se mexeu na cadeira perneta, indicando que estava pouco à vontade. Téo tinha atingido um ponto nevrálgico ou era só sua cadeira bamba mesmo.

— É porque era nova, recém-comprada.

— O senhor me contratou para investigar o desaparecimento da sua esposa. Tô fazendo o meu trabalho e, sei lá, acho que o senhor não está me contando tudo.

— Por que eu faria isso, se sou o maior interessado em saber o paradeiro da Margarete? — O homem suava como se estivesse em uma sauna. Téo ainda não tinha consertado o ventilador de pé. Além de economizar na luz, o calor estava fazendo o papel de parceiro.

— A única coisa que identifica extraoficialmente o corpo da mala como da sua mulher é a pulseira que o senhor reconheceu e que ela não aparece usando em foto nenhuma.

— Eu já disse, doutor Teobaldo, era nova... Por que eu mentiria sobre isso?

— Então me fala qual foi a loja.

— Não me lembro... — ele secou a testa — mas posso procurar a nota fiscal lá em casa.

— Fica em qual bairro?

— Talvez Copa... Não sei mesmo. Vou ver e falo pro senhor.

Sim, ele parecia um marido dedicado e preocupado, no entanto, muitas vezes, uma lagoa de superfície calma esconde redemoinhos capazes de afogar alguém; e, se tinha uma coisa que Téo não conseguia ignorar e lhe fazia ir a fundo em uma investigação, como um cão farejador, era a *porra* do seu instinto. Seu instinto lhe dizia que Marcos não estava contando tudo.

CAPÍTULO 25

Vilma fingiria.

Fingiria que estava tudo bem entre eles enquanto preparava sua fuga. A quantia conseguida com os brincos e seu próximo pagamento possibilitaria que arranjasse um lugar para ficar, mas isso não era o bastante; ela precisaria abandonar o emprego adorado, que contribuía para o seu sustento e da sua família.

Como sua mãe cuidaria de si mesma e de seu pai, ambos com certa idade e maltratados pelas dificuldades da vida, além de sua sobrinha sem o montante enviado? Obviamente, faria muita falta. Por outro lado, se não saísse de lá, Augusto a acharia no dia seguinte. A questão era que Vilma não se sentia preparada para largar a única coisa que preenchia seus dias e a fazia se sentir dona de si. Amava aquele trabalho. Tinha de arranjar um jeito de continuar nele.

Se simplesmente vomitasse um pedido de separação durante o jantar, ele não concordaria. Augusto era avesso a famílias desarranjadas e criticava mulheres desquitadas. Repetia um "tudo puta" com a mesma cara de quando pisava na merda. Talvez concluísse que a ideia era culpa do Dr. Eliomar e lhe obrigasse a se demitir, mantendo-lhe sempre em casa. Presa.

Ela não aguentaria.

Esfregava o xampu nos cabelos, formando um véu de espuma, quando uma ideia lhe atingiu: *e se eu morresse?* Ninguém procuraria uma morta, a não ser no seu túmulo. Ela ficaria livre de verdade para viver como quisesse. Combinaria com doutor Eliomar algumas semanas de férias, depois voltaria, com penteado e roupas diferentes. Uma tragédia, um desaparecimento ou um corpo não identificado eram a solução, mas como? Talvez aquele detetive pudesse lhe ajudar.

Saiu do chuveiro decidida. Aquele era o plano.

Enrolou-se na toalha e correu até a bolsa para buscar o cartão. Precisava aproveitar a ausência do marido. Curiosamente, Augusto ainda não havia voltado para casa.

O aparelho de telefone ficava no andar de baixo, em uma mesinha localizada no hall, que compreendia o pé da escada e os acessos para o banheiro de visitas, a sala e a cozinha. Ela vestiu a calça jeans, que mal subiu pelas pernas, graças à pele úmida, uma camiseta e prendeu os cabelos na toalha. Desceu as escadas pulando os degraus e discou o número com a mão trêmula e o estômago apertado pela ansiedade.

— *Tu... Tu... Tu...*

— Anda... Atende!

A ligação chamou até cair. Ela enfiou o indicador nos bocais dos números e empurrou. Discava novamente o último número, quando ouviu um som oco vindo do quintal.

Apoiou o fone na altura da clavícula e, protegida pela quina da parede, tentou enxergar o terreno iluminado pelo holofote, mantendo-se na borda do umbral entre a sala e o hall.

Ao visitar aquela casa pela primeira vez, havia se encantado pela sua arquitetura. Salas de estar e jantar em um só ambiente, com janelas de correr em estilo colonial por toda a sua extensão. Viveriam como ermitões, mas, ao menos, teria ampla vista do jardim. Um grande arco sem portas dava acesso à escada para o segundo andar e a uma das entradas da cozinha. No andar de cima, três quartos, dois deles vazios. Era um sonho, até acabar em pesadelo.

No entanto, foi seu reflexo de turbante atoalhado e rosto apreensivo que apareceu no vidro. Só enxergaria através dele se apagasse a luz. O interruptor ficava na mesma parede, mas pelo lado da sala.

Escorregou a mão até a quina. Ao dobrá-la, foi tateando devagar, como se estivesse com medo de que algo ou alguém lhe agarrasse do outro lado e lhe puxasse. Suas unhas não demoraram a indicar, com seu *tec-tec*, que havia alcançado o espelho do interruptor. Em um movimento rápido, apertou o botão.

A luz da sala caiu no exato momento em que Barão atravessava o jardim correndo, para, em seguida, tomar impulso e escalar o muro.

Gatinho danado... Sorriu.

Soltou o ar preso, preparado para acompanhar o grito que não veio. Aliviada, acendeu a luz e encaixou o bocal do fone no ouvido, para tentar mais uma vez.

— Tá ligando pra quem, Princesa?

A voz rascante apunhalou suas costas. Uma corrente de adrenalina escalou suas vértebras. Augusto havia circulado sorrateiramente o jardim e entrado pela porta da cozinha, nos fundos do terreno.

Um bolo de saliva e medo se formou no fundo da garganta de Vilma e ela tossiu.

— Pra minha mãe, mas ela não tá atendendo... — Foi a primeira desculpa que passou pela sua cabeça, afinal não tinha muitas outras pessoas para quem ligar. Augusto lhe havia isolado, mantendo-lhe afastada de outras relações e, o pior, com sua permissão.

— Peraí! Passa esse telefone aqui! Deixa ver se ela atende. — Ele estendeu a mão, aguardando.

Nos segundos entre levar o fone da sua orelha até a mão dele, sua mente trabalhou freneticamente, no mesmo compasso do seu coração.

— Passa logo esse telefone, vai. — O tom macio não combinava com a expressão ferina dos olhos.

Ela não tinha alternativa, a não ser obedecer e rezar para que o doutor Teobaldo não atendesse.

Téo encerrou a reunião com Marcos convicto da mentira. Não era incomum que clientes não fossem completamente sinceros ao contratá-lo.

Tantos anos trabalhando na polícia e, depois, como detetive particular tinham lhe ensinado uma lição valiosa: todos têm segredos. Ele não era exceção.

Quando a memória enterrada em um dos seus recônditos mais profundos fez menção de se manifestar, Téo ligou o rádio da sua Brasília laranja e focou na estrada escura, iluminada apenas pelos faróis do carro.

Estava decidido a descobrir mais sobre a pulseira e, se por algum motivo Marcos não queria falar, havia outra pessoa que poderia esclarecer a sua procedência. *Dois coelhos com uma cajadada.* Só por isso, havia perdido o horário de seu remédio das sete da noite. Aqueles que o conheciam sabiam bem, Téo não deixava de tomar seus remédios por nada nesse mundo...

Apenas para resolver um caso.

CAPÍTULO 26

A cabeça de Fernanda parecia carregar dois tijolos de cimento. Sua boca amargava e a garganta arranhava, como se forrada com uma lixa. A visão dupla foi sendo gradualmente substituída por pontinhos pretos até estabilizar e o cheiro que a abraçava contra a sua vontade era de morte, como o de um sapo seco esmagado no asfalto.

Ela se assustou. Estava em um local estranho. Um quartinho porcamente iluminado por uma luz branca. Não havia janelas. A única abertura era alta demais, pequena demais e estava coberta por tábuas de madeira. Parecia mais uma abertura de ar-condicionado.

Sem conseguir olhar para fora, ela não tinha a mínima noção da hora. Achava que era noite por mera intuição e pelo silêncio absoluto. Nada de pedaços de conversas de gente passando na rua ou do barulho de motores de carros. Nem latidos ou um rádio sintonizado na 98 FM.

Ocupando um colchão fino de espuma no chão, sem travesseiros ou lençóis, reparou nas mãos algemadas, presas a uma corrente chumbada na parede. Puxou os braços em uma tentativa de se soltar, mas, no fundo, sabia que não conseguiria. Os grossos elos de metal estavam conectados a uma placa soldada. Em volta, pequenas ranhuras na pintura lembravam arranhões na pele.

Ela passou a ponta dos dedos, sentindo o relevo das fendas, quando esbarrou em algo incrustado. Catucou o objeto como quem catucava um cravo de cabeça preta alojado no nariz, daqueles reticentes em deixar o poro, e a coisa se soltou, caindo ao lado do seu pé. Era uma lasca de unha. O esmalte roxo-cheguei ainda cobria o pedaço.

Encolheu a perna. Não queria encostar na parte de outra pessoa.

Isso só pode ser um pesadelo!

A vontade de chorar veio forte, acompanhada do formigamento no rosto e no pescoço. Sentia como se centenas de insetos marchassem sobre seu corpo.

Sua última lembrança era a de ter ido até a casa do tio. Tinha prometido ajudá-lo com uma ida à mercearia. Os pés e pernas inchados do velho o mantinham fincado no sofá da sala e ele andava dependente demais dela. Não entendia como, estando lá, havia acabado ali.

Quis gritar. Pedir ajuda. Berrar até a garganta sangrar, mas aí o medo apareceu no canto do cômodo, feito uma aparição ou o bicho-papão do seu quarto de criança, a congelando — e se o barulho chamasse a pessoa que tinha lhe prendido? Do que ela seria capaz para calar sua boca?

Uma Fernanda com a boca vazia de dentes e uma piscina de sangue onde um dia existira uma língua se materializou na sua frente.

Cortar minha língua? Não, meu Deus, não!

Chorando baixinho, escolheu ficar quieta até descobrir quem estava por trás daquilo. Deitou-se de lado, encarando o vão por baixo da porta, aguardando a sombra dos pés indicar que sua companhia havia chegado.

— É, desiste. Tua mãe não tá atendendo o telefone. Tenta outra hora...

Vilma voltou a sentir os pés no chão. Era como se o sangue tivesse retornado a circular pelo seu corpo, devolvendo-lhe o calor e o tato.

— Quero que você se arrume. Coloca um vestido bem bonito e aqueles brincos que eu te dei. Vou te levar pra jantar fora. — Augusto soltou a bomba e se dirigiu para a cozinha.

Vilma o seguiu.

— Como assim? A gente não está apertado? Hoje nem é aniversário de nenhum de nós dois...

— Recebi um agrado do patrão e quero gastar com a minha mulherzinha. Não posso? — Augusto abriu a geladeira e pegou uma lata de cerveja. — Vai se arrumar, como pedi, porque já tô morrendo de fome.

Ela subiu as escadas, xingando mentalmente a coincidência dos infernos. Precisava pensar em uma desculpa convincente, mas ganharia tempo. Secou os fios, deixando-os cacheados e bem volumosos. As mechas encheriam seus ombros e esconderiam suas orelhas. Escolheu, também, um vestido que sabia ser do gosto dele. Talvez, se Augusto descobrisse a falta dos brincos só no restaurante e já meio calibrado, ela conseguisse passar a noite sem levar uns tapas.

O vestido roxo colado delineava bem o seu corpo. As ombreiras e o decote profundo em V estavam na moda. Oito entre dez atrizes da televisão tinham um vestido parecido. Os cabelos cheios e armados conferiam-lhe um ar sensual, de pantera. O rímel aumentava seus cílios e o lápis na linha d'água, repassado pelo menos duas vezes por causa da leve tremedeira nas mãos, deu aos seus olhos expressivos um quê de fatal. Arrematou a maquiagem com um batom vermelho.

Augusto iria gostar. Ela contava com isso para que ele deixasse de lado a história dos brincos.

O claque-claque do salto alto ecoou até a base da escada. Quando Vilma entrou na sala, ele não estava lá. *Deve ter ido pegar outra cerveja.* Deu meia volta até a cozinha e, ao passar pelo umbral da porta, estancou o passo. O homem também não estava ali. Sentiu o coração amassado como o capô de um carro batido. Apertado. Pressionando o pulmão.

Cadê ele?

Aquilo não era bom sinal. Sua respiração ficou dura, quase uma pedra de gelo. Como um tubarão, preferia mantê-lo sob as vistas, circulando ao redor da presa em vez de oculto na imensidão, para atacar de surpresa.

Ela não seria destroçada sem lutar. Agachou-se de frente ao armário, embaixo da pia, e agarrou a frigideira de ferro. Um movimento da porta dos fundos capturou sua visão lateral.

— Que que você tá fazendo aí? Tá louca? Vai cozinhar?

— Não. Como não te achei em lugar nenhum e a porta do armário das panelas estava desalinhada, resolvi ajeitar, porque, senão, empena a madeira. E você, estava onde?

— Fui lá, no meu quartinho. Nada demais. Vamos? — A mão estendida soava como um convite, mas, na verdade, era uma ordem.

Vilma enxergou outra Vilma se levantando e acertando com força a cabeça dele com a frigideira de ferro. O impacto rachava o crânio na linha da têmpora e um fio grosso carmesim descia pela abertura, cobrindo parte do rosto.

— Alô, mulher! Tá viajando? Anda, levanta! Guarda essa panela e vem...

— Me perdoa — disse, sem convicção, só porque estava acostumada a repetir desculpas vazias, e aceitou a mão suspensa no ar, bem na altura do seu nariz.

— Tá um pedaço, hein? — Ele se postou de lado para que ela passasse na sua frente e deu-lhe um tapa na bunda. — Gostei! Agradou seu maridinho.

Vilma não prestou atenção em suas últimas palavras. Mais do que nunca, sentia-se atraída como se por um imã pelo quartinho dele.

Téo catou um chiclete de menta no bolso interno do paletó. Mastigaria somente enquanto tivesse gosto. Continuar mascando a goma depois da perda do sabor poderia lhe dar uma úlcera no estômago.

Estava de tocaia em uma rua erma e sem movimento. Precisava se mexer para não cair no sono, nem que exercitasse apenas a mandíbula.

Tinha conseguido o endereço com Eliomar, apesar de não ter sido sincero com ele. Entendia a preocupação do amigo e obviamente pretendia investigar o casamento da sua secretária, atendendo ao favor pedido, mas, de início, não havia dado muita importância à história. Ao constatar que Vilma usava a mesmíssima pulseira de Margarete, no entanto, seu interesse despertou. Por isso estava ali, no fim do mundo, sentado no escuro, namorando um muro alto de chapiscos brancos que impedia qualquer visão do interior da casa.

A paisagem monótona lhe embalava, até que um estouro metálico lhe tirou de seu torpor. Um gato aterrissou no capô da Brasília e lhe encarou pelo para-brisa, como se lhe mandasse à merda.

Téo não abortaria a missão, mesmo que só saísse dali ao amanhecer.

Nunca tente fazer um detetive de otário... O pensamento foi substituído pelo sorriso largo quando ele percebeu o portão da casa sendo aberto.

Capítulo 27

O restaurante Nino, no condomínio Barramares, servia o melhor *Frango à Kiev* que Vilma já havia comido na vida, mas, naquela noite, seu estômago se contorcia, avisando que tudo que entrasse seria expulso quase imediatamente.

Além do nervosismo disfarçado, ela estava curiosa. Augusto vivia chorando miséria e se permitia gastos supérfluos somente em datas comemorativas. Aquele restaurante era caro e eles só tinham jantado ali duas outras vezes, no aniversário de casamento dos dois anos anteriores. O que raios ele pretendia comemorar, então?

Quando ele pediu uma garrafa de vinho, seu primeiro pensamento foi que ele estava feliz, mas, ao lembrar que condenados à morte escolhiam refeições luxuosas como a última, sua postura enrijeceu. A tensão muscular se espalhou por seu corpo como uma onda. Seus dedos rígidos mal seguravam o copo.

O garçom trouxe a garrafa, sacou a rolha e derramou um dedo de vinho em uma taça.

— Pode servir, senhor?

Augusto virou o líquido em uma golada e limpou a boca com as costas das mãos.

— Sim. Perfeito. Pode servir...

O garçom se virou na direção da taça de Vilma e inclinou a garrafa. Por reflexo, ela colocou a mão por cima da boca do cálice, sinalizando que não desejava a bebida. O garçom reergueu a garrafa e inclinou-a na direção da taça de Augusto, demonstrando ter entendido o recado.

— Não, não. Pode servir a dama. Ela vai me acompanhar no vinho. — A ordem saiu num sussurro apertado. Vilma podia imaginá-lo massageando os nós dos dedos por baixo da mesa. Era um tique que lhe alertava de quando ele começava a perder a paciência.

Labaredas captadas pelo canto do olho casavam com o perfume adocicado da banana flambada no conhaque. Uma frigideira estava posicionada para apresentação da sobremesa na mesa ao lado. Um casal sorria e batia palmas animado pelas firulas do maître, que fingia domar o fogo. Vilma e Augusto já tinham sido aquele casal.

Vencida, ela suspirou e ergueu a mão, permitindo que o garçom enchesse metade do seu copo com vinho.

Augusto levantou a taça.

— Vamos brindar! — Ele sorriu apenas com os lábios.

— Ao quê? — A pergunta pulou, desafiadora.

— À minha mulherzinha linda, que eu adoro presentear. Me mostra os brincos! — Seus olhos se estreitaram.

Vilma não aguentava mais aquela tensão, viver quase sempre com medo, tentando antecipar o humor do dia e agir como o esperado sem nem mesmo saber se isso resultaria em paz. Em um arroubo, decidiu jogar sua dose de conhaque no fogo.

Foda-se.

Levou a mão ao cabelo, afastando as primeiras mechas para descobrir a orelha em um movimento vagaroso, oposto às batidas do seu coração. Estava a milímetros de expor a verdade com possíveis consequências desastrosas e sorria.

Um esbarrão forte na quina da mesa capturou a atenção deles quando ela concluía o movimento. Augusto tinha sido brindado com uma taça de vinho bem no meio de sua blusa de seda branca. Não tinha mais olhos para os brincos, somente para o pobre infeliz que lhe dera um banho e se arrependeria por isso.

— Que filho da puta! Me estraga uma blusa cara, me tira de babaca e não pede desculpas? Esse sujeito vai ver com quem mexeu... — Augusto olhava para o homem há duas mesas de distância deles. — Peraí, Vilma, vou lá, bater um papo com esse folgado do caralho.

— Não, deixa isso pra lá... — Ela estendeu o braço ao mesmo tempo em que ele empurrou com força a cadeira e se levantou. — Augusto, por favor!

Ele caminhou até o homem, parado próximo ao bar.

Vilma só conseguia ver as costas do sujeito. Augusto meteu a mão no ombro dele e o homem se virou.

Caramba, é o doutor Teobaldo!

De corpo magro, ele seria jantado pelo marido dela, que tinha duas vezes a sua largura. Ela secou as mãos suadas no guardanapo de pano e virou o copo de água sem tirar os olhos da cena. Sua garganta estava seca e arranhava, e seus batimentos cardíacos gritavam em seus ouvidos.

Os dois trocaram algumas palavras e Augusto foi na direção do banheiro enquanto o detetive a encarava. Aquilo só podia ser um aviso! Ela queria tanto falar com ele e, de repente, estava ali, a cinco metros de distância.

Como se adivinhasse seus pensamentos, doutor Teobaldo veio a passos rápidos na sua direção.

— Doutor, que coincidência... — Vilma alternou o olhar entre ele e a porta do banheiro.

— Vilma, presta atenção, não tenho muito tempo... Tá tudo bem? O clima aqui parecia tenso.

— Um pouco. Tentei mesmo ligar para o senhor... Preciso da sua ajuda.

Teobaldo se sentou no lugar de Augusto e se debruçou sobre a mesa.

— O que houve? Aconteceu alguma coisa? — O tom dele era apressado, aflito.

— Não. Ainda não, mas quero deixar meu marido e preciso de ajuda. — Ela finalmente abria o jogo com alguém que parecia lhe entender.

— Você guardou o cartão que te dei? Se não, Eliomar sabe o meu endereço. Preciso que você me procure. — Doutor Teobaldo mirou a pulseira.

O detetive olhou para os lados, observando o salão do restaurante e o vaivém dos garçons.

— Guardei.

— Fica tranquila. — Ele espiou a porta pela qual Augusto havia entrado. — Pode contar comigo.

Augusto jogou água fria no rosto e fitou os olhos fundos e o cabelo preto. Graças ao gel, a mecha grisalha do canto da testa lembrava as curvas do calçadão de Copacabana. Gotas de água pingavam dos fios escuros de sua barba. Depois de tantos anos, ele mal acreditava naquela coincidência bizarra.

De início, achou que estivesse enganado, confundindo pessoas, mas a voz lhe alertou — como a propaganda do xampu Colorama, "ei, ei, você se lembra da minha voz..." — e, então, não havia mais sombra de dúvidas. Só não compreendia a resposta do seu corpo.

O estômago vazio se contorcia como uma mola e a blusa, úmida de suor, colava nas costas. *Puta merda! Puta merda!* Será que enfartava? Que porra de reação era aquela?

Augusto deu alguns passos para trás e se sentou na privada. Tentava respirar com mais calma, recobrar o controle.

A porta do banheiro abriu e o passado entrou. Um homem pode ganhar peso com os anos, perder cabelo, usar o bigode da moda, mas há coisas que não mudam nunca. Augusto o observou metendo a mão no bolso do paletó e tirando-a com dois quadradinhos de caramelo Nestlé.

— Quanto tempo, Gutão...

— Quem diria, Fininho — Augusto conseguiu dizer, quando as palavras atravessaram o bolo em sua garganta. — Nunca imaginei que a gente, um dia, fosse se ver de novo.

— Pois é... Não vai aceitar o doce? — Téo insistia. — Era uma coisa nossa, lembra? E uma mania minha até hoje.

Augusto balançou a cabeça. Não queria lembrar. Não era mais aquela pessoa.

Fininho deu um passo à frente para dentro da cabine, diminuindo subitamente a distância entre eles. Em um reflexo, Augusto se levantou, mas não tinha como sair dali. O hálito de caramelo invadiu suas narinas, aguando sua boca.

— Você sabe que não saí do colégio e te deixei sozinho porque quis. Você também era o meu melhor *amigo*. — Téo lhe encarava, seus corpos quase se tocando, as pontas dos dedos roçando umas nas outras. — Meu amigo especial... — Ele inclinou o rosto e, por um segundo, Augusto quase retribuiu.

O pulsar entre as pernas, a ereção despertada do coma lhe fez recuar e empurrar Fininho para o lado.

— Não! Sai da frente! — Aquela sensação era errada e tinha ficado no passado.

Ultrapassou a porta do banheiro atordoado. Era um homem com agá maiúsculo e provaria isso naquela noite.

CAPÍTULO 28

— Que tal me pagar uma bebida, bonitão? — A moça em roupas minúsculas abordou Téo na entrada do inferninho.

A avenida Prado Júnior, em Copacabana, era um dos lugares mais badalados e ecléticos da cidade. Ali, prédios residenciais com apartamentos minúsculos ocupados por estudantes, artistas, intelectuais e garotas de programa dividiam espaço com boates da moda e locais de perdição.

— Talvez outra hora — falou, por educação. — Vim conversar com La Tanya.

— Ela tá no camarim. — A moça fez cara de decepção, mas, em segundos, abordou outro transeunte.

Téo conhecia bem o caminho. Começara a frequentar o local por causa do trabalho. Havia flagrado maridos infiéis bebendo, conversando e apalpando as meninas, o que lhe rendera bons pagamentos, porém voltava mesmo era por ela.

Atravessou o salão escuro, iluminado por luzes vermelhas e pelos refletores focados no palco, e desembocou na coxia. Mulheres passavam só de calcinha e lhe cumprimentavam com familiaridade. Ele deu três batidas na porta, bem em cima da estrela amarela desbotada, e meteu a mão na maçaneta.

— Oi, baby, é você?

O cheiro doce do perfume dominava o ambiente, o que provavelmente lhe daria uma tremenda dor de cabeça mais tarde. La Tanya estava sentada de frente para o espelho. Encarou-lhe pelo reflexo enquanto passava o batom vermelho. O robe de cetim rosa-algodão-doce brilhava com a luz emanada pelas fileiras de lâmpadas que emolduravam seu rosto fartamente maquiado.

Téo não precisou se inclinar muito para beijá-la na testa.

— Não tô bem... Talvez precise de um porre. — Escorou o quadril na bancada ornada com duas cabeças com perucas, meia dúzia de escovas e uma caixa repleta de maquiagens.

Os olhos debochados de Tanya arregalaram-se levemente.

— Você não bebe. O que houve?

— Vi um fantasma do passado... — Ele respirou fundo. — O Gutão.

Ela largou o batom e levou os dedos aos lábios.

— Peraí! O *seu* Gutão? A sua paixão de adolescência? Aquele que você idealizou esses anos todos e te fez essa *cacura* solitária?

— Não tô tão velho assim. Acabei de fazer quarenta e cinco.

— Como assim? — A mão forte de unhas vermelhas apertou as mãos de Téo em um claro gesto de apoio. — Você não disse que ele tinha ido embora pra Sampa?

— Ele vivia dizendo que, quando fosse maior de idade, ia tentar a vida em São Paulo, que talvez ela fosse menos filha da puta com ele lá... Foi isso que pensei. Mudei de Cordovil acompanhando meus pais. Porra, eu só tinha dezesseis, ia fazer o quê? Três anos depois, voltei atrás dele e a casa tava fechada. Uma vizinha me contou que dona Bernadete tinha morrido, a irmã tinha ido morar com um parente e ele, sumido.

— Como foi esse encontro, baby?

— Como se não tivessem se passado quase trinta anos. O cheiro da boca dele é o mesmo. O olhar de cachorrinho perdido é o mesmo... Eu só via na minha frente o meu Guto. — Téo levou as mãos ao rosto. Seu peito estava dolorido e a mente rodopiava em torno das lembranças. — Voltou tudo, Tanya. — Ele balançou a cabeça para os lados, como se não quisesse acreditar no que diria a seguir. — Foi só conversar com ele alguns minutos e meu coração bateu mais forte, meu estômago doeu e minha virilha parecia que ia explodir.

— E vocês se pegaram?

O "não" saiu fraco.

La Tanya empurrou a cadeira para trás e se levantou. Com o tamanco de plumas ficava bem mais alta do que Téo.

— Vou te servir uma dose de conhaque. Vai te fazer bem. — Ela caminhou até uma mesinha de canto com algumas garrafas e escolheu uma. Entregou a Téo um copo curto com um líquido marrom-dourado. — Toma, dá um gole.

Ele obedeceu. Faria qualquer coisa para arrancar a dor das entranhas e a imagem e o cheiro do homem, que tinham invadido a sua cabeça.

A bebida desceu queimando.

— Ainda não te contei o pior... — Devolveu o copo a ela.

La Tanya jogou para trás dos ombros a cabeleira volumosa no estilo Farah Fawcett, das Panteras. Era seu jeito de dizer "meu amor, você acha que tá falando com quem? Eu aguento tudo".

— Ele tá casado...

Ela o interrompeu.

— Ah, baby, muitos se casam e vivem uma vida de mentira! É por isso que esses putos procuram gente como eu na surdina, o melhor dos mundos! — Ela apalpou os seios volumosos por cima do robe de seda. — Peitos incríveis, comprados em Milão, e um pau delicioso para chupar.

— Ele tá casado com o meu caso. A mulher que o Eliomar pediu pra investigar. Parece que o casamento não anda bem.

— Onde você compra o pão não come a carne, Téo — disse, séria.

Ele levou as mãos ao rosto e balançou a cabeça.

— Eu sei, pô! Você acha que eu queria isso?

— Não, mas você passou anos pagando paixão platônica, *bi*. Tá na hora de viver! Pensar em outro homem, nem que seja mais um enclausurado no armário. Você nunca se abriu de verdade pra outra pessoa...

— Você tá certa, mas eu sou a merda de um cisne. — Téo esfregou os olhos, torcendo para que ela não tivesse percebido a umidade na linha d'água. Desencostou da bancada e, depois de alguns passos, deixou o corpo cair no pequeno sofá de dois lugares. A tristeza lhe puxava para o fundo do poço.

La Tanya afundou ao seu lado. A ponta dos joelhos dobrados roçava na barra do robe.

— "Go, walk out the door, just turn around now, cause you're not welcome anymore..." Meu amor, você tem que ouvir o hino, deixar ele entranhar em você. Deixa esse caso, vai viver sua vida. — Ela segurou o queixo de Téo entre os dedos longos e balançou de leve. — Falo pro seu bem. Essa proximidade toda vai influenciar seu raciocínio e julgamento, e ainda vai te deixar como terra arrasada.

— Nunca larguei um caso antes da conclusão e não vai ser esse o primeiro. Além de ser um favor pessoal a um grande amigo, Vilma parecia nervosa e me pediu ajuda. O instinto do Eliomar estava certo. Alguma coisa não anda bem ali.

Era verdade. Téo nunca havia largado um caso. Na polícia, sua insistência e perseverança tinham causado inúmeros atritos com Guanabara. Enquanto um procurava a maldita agulha no palheiro, a pista que seria a divisora de águas entre arquivar um caso ou seguir adiante com o inquérito, o outro recebia um *café* gordo para atolar de palha o palheiro. Já como detetive particular, Téo havia gastado, em algumas investigações, mais do que o pagamento recebido, legando-lhe um saldo negativo. Curiosamente, em todas essas vezes, seu contratante solicitara o encerramento da investigação quando ele estava bem perto do desfecho.

— Ah, será que o seu *bofe* é desses machos agressivos? Já lidei com vários desse tipo. — Fez como se cortasse o ar.

Téo sabia que o gesto remetia aos seus tempos de sobrevivência na Lapa, quando La Tanya era um jovem michê preto que aprendera a se defender com uma navalha. Mais de vinte anos depois, ela era uma tigresa, uma diva, um ombro amigo.

— Gutão teve uma adolescência barra-pesada. Por isso, já vi ele explodindo algumas vezes. Talvez algumas feridas não tenham se curado com o tempo... e, se ele desconta na mulher, é uma coisa que também preciso saber.

— Se ele descontar nela, é porque é um enrustido.

— Sinceramente, espero que o pedido de ajuda seja por uma questão de incompatibilidade e falta de opções; talvez não ter para onde ir, vai saber... Se for porque ele é um desses trogloditas que batem na esposa, isso vai me estilhaçar por dentro. Tem linhas que não dá pra ultrapassar. — Téo respirou fundo. — E tem outra, a Vilma usa a mesma pulseira que o corpo da mala. A tal que te mostrei a foto e perguntei se você já tinha visto. Ela pode ser a peça que falta pra me colocar no desfecho dessa investigação. O marido da professora reconheceu a pulseira, mas alegou que não se lembrava de onde a tinha comprado. — As mãos largadas sobre as coxas se fecharam em forma de punho, arrastando junto o tecido da calça de alfaiataria. Os dedos apertados embranqueceram. — Odeio que tentem me passar pra trás, você sabe disso...

Ficaram em silêncio por alguns segundos.

— Baby — La Tanya finalmente falou —, acho bonita essa sua preocupação com a mulher do teu bofe, mas você vai se machucar feio.

— Não faz essa cara, vai ficar tudo bem...

Téo deslizou o corpo e jogou a cabeça para o lado, apoiando-a no ombro da amiga. Duvidava seriamente do que dizia.

CAPÍTULO 29

Augusto não só praticamente a esqueceu no restaurante, quando passou como um animal em fuga em direção à saída, como também não disse uma palavra no trajeto de volta.

Vilma nunca o tinha visto tão perturbado. Sequer parecia a rocha, o homem com pulso de ferro que tão bem conhecia entre quatro paredes. Não era do seu feitio deixar de tocar em assuntos incômodos ou largar algo não-finalizado. Ter esquecido totalmente dos brincos indicava que a conversa com Teobaldo o havia atingido de forma profunda. Talvez ela não conhecesse mesmo a pessoa ao volante.

Olhou pela janela do passageiro e enxergou a si mesma refletida e envolta em um mar de escuridão. Estavam retornando pela praia da reserva e a única luz vinha dos dois fachos dos faróis que iluminavam a estrada. O vazio ecoou na sua espinha, produzindo um calafrio. Estremeceu levemente com a ideia de que, se Teobaldo não tivesse aparecido, talvez aquele trajeto ermo fosse propício para o seu sumiço; não o que estava planejando, mas um sumiço dolorido e involuntário, protagonizado pelo marido.

Decidida a sobreviver àquela noite, Vilma se fez de morta até em casa. Quando o carro estacionou na garagem, Augusto sentenciou que iria para o quartinho e que ela não o esperasse acordada. Foi o que ela fez, pretendendo ganhar tempo.

Dividia os lençóis com um desconhecido. Seu marido transformara-se tantas vezes em outra pessoa, que Vilma não sabia mais se conseguia antecipar suas ações. Quando se conheceram, ele era um Augusto preocupado e carinhoso. Cercava-a de tantos cuidados e atenções que, apesar de romântico, ela se sentia sufocada. Não trabalhava fora, não tinha amigas, as ligações para os pais, por questões financeiras, eram raras e monitoradas, mas tinha enxergado naquilo tudo gestos de amor.

Três anos depois, ele mudou pela primeira vez. A preocupação exagerada continuava. Ela compreendia que o trabalho de segurança, pela sua natureza, contribuía para que Augusto lhe tratasse com aquele nível de controle, mas, então, o sexo passou a ficar estranho.

Foi quando se deu a segunda mudança. Aquele Augusto cru e violento deixou os lençóis e passou a ocupar a casa toda.

Os episódios começaram esporádicos, porém não tardaram a se tornar recorrentes e cíclicos. Primeiro foram os xingamentos e empurrões; depois, beliscões, apertões, puxões de cabelo entremeados por milhões de pedidos de desculpas, promessas em que Vilma tanto quis acreditar, apontar de dedos e discursos de culpa. Escutara tantas vezes que era a razão daquele comportamento, que o forçava a agir daquele jeito, que "o dia tinha sido tão estressante e ela tinha o dom de piorar as coisas" que acabou acreditando. Ao mesmo tempo, as relações sexuais rarearam, porque Augusto não mantinha mais a ereção.

Tudo isso lhe tinha levado até aquele ponto, um ponto sem retorno. Estava decidida a deixá-lo. Não se importava com as convenções sociais, como ele. *Foda-se! Antes separada a viver toda arrebentada.* Nunca precisara ostentar a família perfeita ou margarina, como Augusto fazia questão.

Deitada no escuro, encarando a porta do quarto, Vilma riu baixo, angustiada. *Que merda eu fiz com a minha vida?*

A coisa mais temida por Fernanda aconteceu. A porta foi aberta e a silhueta de um homem enorme apareceu no beiral. Junto com ele, entrava no quarto a melodia de uma música daquelas de orquestra, que ela achava chique, mas, ali, parecia mais de filme de terror.

O gigante se aproximou e Fernanda apoiou as mãos suadas no colchão fino, arrastando a bunda para trás e colando as costas na parede áspera, como se pudesse ser absorvida e sumir no cimento...

A respiração afobada fazia seu peito subir e descer. Naquele momento, achava que fosse morrer. Ela o reconheceu de Irajá e ele nunca tinha feito questão alguma de não mostrar o rosto. Isso era um péssimo sinal.

— Po... po... por favor... me deixa ir... Juro que não falo nada...

Ele levou o dedo indicador à boca e Fernanda estava assustada demais para não obedecer. Mirou as mãos do homem, procurando alguma arma, mas ele não carregava nada além de um rolo de fita. Ainda assim, ela estremeceu.

Imaginar-se calada e rendida, presa por uma corrente em um quarto escuro, foi um chute no controle que tentava manter. O soluço veio forte, chacoalhando seu corpo mignon enquanto o rosto era molhado pelas lágrimas e pelo catarro que escorria das narinas.

— Fica calma. Não vai ser tão ruim assim. — Ele puxou a ponta da fita e cortou um pedaço com os dentes.

O homem avançou e tapou sua boca, cobrindo seus lábios. Soltou-a da corrente presa à parede e enroscou os dedos no seu braço, erguendo-a com facilidade.

— Fica de pé!

Fernanda sentia as pernas bambas. Mal aguentavam o peso do corpo. Um calor subia-lhe pelo rosto junto com o formigamento. Era a mesma sensação de quando comia camarão sem antes tomar o antialérgico. A saliva evaporou e a garganta ardeu com a secura, como se mergulhada em uma piscina de sal.

Ao firmar os pés no chão, perguntas pulavam dentro da sua cabeça. *Ai, meu Deus, o que vai acontecer? Será que ele vai me matar agora?*

Com mãos que abraçavam toda a volta do seu braço, ele a conduziu ao meio do cômodo, juntou seus pulsos e os amarrou com uma corda grossa e apertada por cima das algemas. A amarração pressionava o metal contra sua pele. Movimentos mais bruscos enterrariam os grilhões na carne.

Ele cravou o nó da corda em um gancho que despontava do teto, como aqueles usados para vasos de plantas, mas com um extensor, deixando-a com os pés quase encostados no chão e os braços desconfortavelmente estendidos. Ela girava na ponta dos dedos dos pés, em volta do próprio eixo.

— Quase pronta... — O brilho nos olhos dele não era bonito.

O homem arrancou os botões da sua blusa com um puxão, deixando seus seios à mostra. O movimento fez com que o quarto girasse e, em um segundo, Fernanda encarava a parede na qual ficara presa; no próximo, já estava de volta, testemunhando o diabo carregando em sua direção um par de presilhas de cobre ligadas a fios.

O que tinha feito para merecer aquilo? Conhecia a fama dele em Irajá, sabia a quem prestava contas, só não entendia a razão de estar sendo punida. Ela não apostava no bicho. Também não tinha pegado dinheiro emprestado, como aqueles que não honravam a dívida e pagavam com sangue.

Seu tio... Só podia ser seu tio. Não seria nada justo que ela pagasse por aquele traste velho, incapaz de varrer o próprio piso e recolher a louça suja.

A dor de um beliscão e o gelado do metal nos mamilos esvaziaram instantaneamente sua cabeça de outros pensamentos. Ela só pensava no que ele faria e se sobraria algo de si. Não importava mais o preço da feira, que dobrara em três dias, ou o ventilador quase escangalhado, que soprava o bafo dos infernos em vez de refrescar o calor do verão; não importava mais o tio mão-de-vaca ou o telefonema seco do Adilson, que a fez desconfiar de traição. Nada mais importava ou fazia sentido, apenas a dor imensa de seus braços forçadamente esticados, a ponto de ela achar que se desprenderiam de suas costas a qualquer momento, como as asas destrinchadas de um frango assado.

Ele deu passos calmos até uma poltrona e, ao se sentar, alcançou uma caixinha preta apoiada no braço do móvel.

Os olhos dela, única parte de seu corpo que podia se mexer livremente, arregalaram-se e um murmúrio desesperado vazou de sua boca tapada.

— Essa sua cara de assustada tem a ver com isso aqui? — Ele ergueu a caixa preta ligada aos fios presos nela. — Isso é só um brinquedinho de que eu gosto muito. Você conhece? — A cabeça ligeiramente inclinada para baixo dava ao sorriso dele uma aparência maliciosa.

— Ummmm! Ummmm! Ummmmm!

— Isso aqui é um aparelho eletrificador, pra choque. Daqueles que se usa em cercas de sítios, pra conter as vacas. A corrente, de dez mil volts, é baixa...

Ele girou o botão e Fernanda chacoalhou violentamente.

O choque se alastrou pelo seu corpo como ondas circulares em um lago depois que uma pedra grande afunda.

Ele voltou com o botão para a posição inicial e o sacolejo involuntário cessou.

Ela tentou segurar o choro. Tinha medo de acabar com o peito molhado e a combinação ser fatal.

O choque veio de novo, desta vez um pouco mais forte, e a sensação era a de ter milhões de minúsculas agulhas lhe espetando de dentro para fora, rasgando suas tripas. O *Açougueiro* voltou o botão mais uma vez para a posição original e o choque imediatamente parou.

— Viu? Não vai te matar. — O tom calmo era quase casual, como se sugerisse a alguém uma pulada de cerca na dieta.

Mais um e o corpo dela se debateu com os espasmos musculares. Seu grito saiu abafado pela fita e as lágrimas nublaram suas vistas, mas ela enxergava aquele homem horroroso sentado, encarando-a com o queixo erguido, os lábios entreabertos e os olhos semicerrados. A sombra de um movimento chamou sua atenção; o desgraçado abria as calças e botava o pau para fora enquanto a fritava pendurada como um pedaço de carne.

CAPÍTULO 30
25 DE JANEIRO DE 1985 — ALGUNS DIAS DEPOIS

— Você não me ligou.

Vilma deu um pequeno pulo na cadeira e quase derrubou um pouco do café. A voz viera de trás de si, num tom calmo.

— Posso me sentar?

Ela ergueu o rosto e instantaneamente o susto evaporou. Era o doutor Teobaldo.

— O senhor me flagrou no meio de um dos meus pequenos prazeres. — Vilma pousou o garfo melado de chocolate no prato de sobremesa e deu uma bicada na xícara de café. — Como me achou aqui?

— Uma boa doceira passa adiante a receita que aprendeu com a avó? — Ele sorriu, os dentes alvos como panos de prato lavados com água sanitária pendurados lado a lado no varal. — Pode me chamar de Téo e nada de senhor. Senhor tá no céu.

Ele carregava um lenço e o usou para puxar a cadeira de madeira, dando sinal verde ao garçom de gravatinha borboleta preta, que flanava pelo salão para encostar e perguntar se Téo desejava algo. Vilma reparou nas unhas aparadas rentes à carne, incapazes de acumular aquela sujeirinha que formava uma linha escura na base.

— Um bule com água fervente e um saquinho de chá de boldo, por favor. — O tom era firme, mas educado.

— Senhor, servimos somente chá preto. Bule simples ou duplo?

— Um bule simples.

— Vai comer alguma coisa? — A pergunta transpirava ansiedade. A Casa Cavé, naquele horário, enchia para um café da manhã tardio ou um almoço adiantado. Vilma já havia terminado. Segurar uma das pequenas mesas de três lugares só para um chá enquanto uma fila se formava aguardando vaga no tradicional salão ladeado de vitrais franceses e espelhos seria um tanto chato.

Vilma consultou seu relógio de pulso.

— Olha, Téo, não posso demorar muito mais. Preciso voltar pro escritório, mas, se você for pedir algo pra comer, eu te acompanho. Podemos conversar uns dez minutos…

— Ótimo, por enquanto basta — e, virando-se para o garçom, ele disse: — Amigo, vou querer uma torrada com manteiga no Pão Petrópolis e a dama vai pedir… — Téo gesticulou na direção dela.

— Um palmier simples e um café com chantili pequeno, por favor.

Vilma aguardou o garçom sair e o encarou. O queixo quadrado, levemente projetado para a frente, lembrava-lhe o de um galã de novela.

— Desculpa o bolo dos últimos dois dias. Não tive tempo de passar no seu escritório. — Na verdade, o endereço, apesar de ser em Copacabana, ficava um pouco fora de mão para ela, que, vindo do Recreio, precisaria interromper a viagem, saltar na Nossa Senhora de Copacabana e, depois, retornar ao mesmo ponto, para pegar nova condução até o Centro.

— Tudo bem. Você me deu um pretexto para visitar meu velho amigo Eliomar. Por sinal, ele disse pra você não esquecer a éclair de chocolate dele. — Téo interrompeu a fala no momento em que o garçom chegou e repassou da bandeja para a mesa as bebidas e comidas pedidas. — Bom, há quase três dias, você me pediu ajuda e, pra te atender, preciso saber o que está acontecendo.

— Não é um assunto fácil e eu preferia conversar sobre ele em um lugar mais reservado.

— Entendi. — Ele bicou o chá, parecendo aceitar a desculpa. — Você está com problemas com seu marido? — soltou, sem rodeios.

Vilma quase se engasgou. Não esperava uma pergunta tão direta e não estava preparada para respondê-la da forma que desejava. Sua ideia era louca demais para ser jogada na mesa de uma doceria.

— Decidi que vou me separar e preciso de ajuda com isso, mas a coisa toda tem que ser explicada com calma. Posso passar no seu escritório na segunda?

— Se você prefere assim...

— Prefiro.

— Tá bom, então me conta dessa pulseira enquanto terminamos o lanche. Você ganhou do seu marido, né?

Vilma massageou o pingente de rosa com o polegar e o indicador.

— Ganhei. No Natal do ano retrasado. — Sem querer, sorriu com a lembrança de Augusto lhe abraçando por trás e estendendo a mão com uma caixinha de veludo vermelho. Ao perceber o sorriso, fechou o rosto. Não adiantava que pílulas prazerosas do passado viessem tentá-la; estava decidida a deixá-lo, por todos os demais momentos lodosos daqueles últimos anos, que a sufocavam como areia movediça.

— Ele mencionou onde comprou?

— Augusto disse que era uma joia de família, que tinha sido da mãe dele... mas por que você tá tão interessado nessa pulseira?

— Na segunda, quando você passar lá no escritório, eu te explico.

— Posso fazer uma pergunta?

Téo ergueu o braço e fez o sinal universal para que o garçom trouxesse a conta enquanto meneava a cabeça.

— O que vocês conversaram no banheiro do restaurante? O Augusto saiu atordoado. Acho que pela primeira vez eu vi medo nele...

— Digamos que eu conheço o seu marido de outros carnavais e temos assuntos pendentes. — Téo a encarou e Vilma percebeu que o assunto também mexia com ele. — Não há nada mais assustador do que o passado enterrado batendo na porta.

Capítulo 31

Téo já havia frequentado os lugares mais inusitados durante a investigação de um caso; puteiros, velórios, o zoológico, uma fábrica de *jeans* falsificados, o Tivoli Park e um apartamento bacana na Zona Sul, que era ponto de venda de lança-perfume. Nada mais trivial do que um shopping em uma sexta-feira à tarde.

Após a conversa com Vilma, naquela manhã, decidira questionar Augusto sobre a pulseira. Ninguém poderia lhe culpar por seguir a melhor pista que conseguira desde o início de sua busca pela professora. Ainda que o procurasse somente para averiguar o casamento dele, estaria atendendo ao pedido de Eliomar. Não estava fazendo nada de errado, como La Tanya tentara implicar, ao se prostrar quase na esquina da casa no Recreio e ter a grata surpresa de pegar Augusto saindo com o carro da garagem cerca de duas horas depois. Daí para estacionar sua Brasília laranja a duas fileiras do Opala e acompanhá-lo Mesbla adentro foi um pulo.

Pelo estacionamento vazio e a facilidade de conseguir uma vaga, Téo previu que o shopping não estaria cheio. Era pouco mais de uma da tarde e o pico de público seria a partir das cinco ou seis horas. Como tudo na vida, havia o lado bom e o ruim disso; suspirava aliviado por não ter estranhos esbarrando em si, pois passava mal em multidões, mas, por outro lado, precisaria de cautela para não ser visto. Se fosse flagrado, a mera alegação de coincidência não colaria. Se tinha uma coisa que Augusto não era, era idiota.

Esgueirou-se por entre o mar de araras. Enquanto Augusto percorria tranquilo os corredores amplos da loja, ele andava desviando ou se espremendo por entre cabideiros de vestidos floridos e blusas estampadas. De vez em quando, Téo recebia um olhar feio de alguma mulher, que, entretida com encontrar seu tamanho entre as peças penduradas, escutava dele um "dá licença" sussurrado.

Acompanhou seu alvo, mantendo uma distância segura, até perceber que ele estava parado diante da seção de malas e bagagens. Augusto conferia a etiqueta de preço das malas maiores, daquelas retangulares, usadas para viajar de avião. Percorreu a seção toda, olhando cada uma das grandonas, então se virou e foi em direção à saída da loja, que dava acesso ao interior do shopping.

Ele pode estar indo à Sears.

Téo sabia que seria arriscado segui-lo até a outra ponta do shopping, atravessando os corredores espaçosos e claros em granito bege, sem quinas ou sombras para um esconderijo improvisado. Ainda pretendia abordar Augusto, mas talvez a resposta que tanto almejava estivesse a alguns passos de distância, em uma das lojas dali.

Sorriu ao reparar na blusa social — provavelmente de seda —, que, com o movimento do corpo ao caminhar, refletia os raios de luz, no penteado alinhado com gel, que dava a Augusto um ar de limpeza máscula, e nos sapatos sem furos; bem diferente das blusas justas, dos shorts puídos e dos tênis de lona desbotados e marcados no dedão. Testemunhar que Gutão havia conquistado as coisas com que tanto sonhara lhe deixava sinceramente feliz.

Tentava manter algumas pessoas entre eles, postando-se atrás de costas largas, cabeças com cabelos arrepiados ou de pantera e ombreiras gigantes — tarefa difícil, graças à meia dúzia de gatos pingados que caminhavam entre os dois. A palavra *desistir*, entretanto, não fazia parte do seu vocabulário. A não ser que...

Um menino subiu correndo, passando pelo espaço diminuto do

degrau da escada rolante, e esbarrou nele, obrigando-lhe a apoiar a mão no corrimão emborrachado para não cair.

Puta que pariu!

A mão e os dedos voltaram grudentos, como se uma película cobrisse a sua pele. Sentir aquela sujeira tomando conta de si lhe fez correr para o primeiro banheiro masculino que encontrou ao alcançar o patamar da escada.

Assim que entrou no banheiro, foi direto para a pia. O lugar cheirava a pinho e parecia limpo, com exceção dos mictórios, verdadeiras piscininhas de bactérias. Téo nunca usava mictórios. Além de amarelados e fedorentos, era indiscrição demais, na sua opinião. Existindo a urgência de se aliviar, preferia mil vezes usar a cabine e, depois, tomar um banho de álcool.

Forrou um pedaço da bancada e cobriu a mão imunda com um bolo de papel. Retirou o paletó, deixando-o apoiado na cama de folhas, e abriu a torneira, liberando um filete de água. Lavou as mãos três vezes. Esfregou cada pedaço, cada espaço entre os dedos com convicção. Depois lavou o rosto. Da ponta de seu nariz reto, pingaram algumas gotas que explodiram no granito enquanto Téo encarava os olhos caídos e a mandíbula tensa.

Ouviu os passos antes mesmo de se tocar da presença que tomou o espaço feito a sombra que se alastra rapidamente durante o crepúsculo, alardeando a chegada da noite.

— Você estava me seguindo? — Os olhos negros refletidos no espelho se estreitaram.

Téo se virou e o olhou de frente. Era mais esguio que Augusto, mas regulavam na altura.

— Sim — respirou fundo —, mas tenho meus motivos.

Augusto não respondeu de imediato. Olhava-o como se pretendesse decifrá-lo.

— Você disse quase a mesma coisa quando me abandonou... que tinha seus motivos — finalmente expeliu as palavras cortantes.

Téo sentiu o golpe.

— Não foi assim... — Deu dois passos na direção dele e parou a um palmo de distância. A proximidade fez os pelos do seu braço se eriçarem.

— Foi como, então? — o ex-amigo provocou.

Téo não respondeu. Seus batimentos acelerados ecoavam em seus ouvidos. Os pensamentos em redemoinho. Estava mergulhado em olhos tão escuros, mas, ainda assim, com as pupilas dilatadas.

Sem dar tempo à razão, sentou as mãos no peito de Augusto e o empurrou na direção da cabine. A porta se escancarou com o impacto dos corpos e bateu no batente. Encararam-se por alguns segundos, os lábios entreabertos, as respirações curtas, o ar condensando.

Téo enlaçou a nuca de Augusto e o puxou na direção da sua boca. Logo que as línguas se tocaram, o tesão arrebentou as amarras. Sem interromperem o beijo frenético, Téo abriu o cinto e deixou a calça do terno bater nos tornozelos. Com o pau pulsando embaralhando seu juízo, meteu as mãos na braguilha de Augusto e, em segundos, as calças dele também alcançaram o chão.

Teobaldo arrastou os lábios pela barba do homem até parar em seu pescoço, quase no lóbulo da orelha. Ali, mordiscou, lambeu, soprou ao mesmo tempo em que agarrava a base do pênis de Augusto e o massageava na cadência perfeita. A cabeça jogada levemente para trás e os gemidos contidos indicavam que Téo podia ir adiante.

Ele pousou as mãos em cada lado do quadril do parceiro, sinalizando para que ele girasse o corpo. Augusto obedeceu, firmando as mãos na parede atrás do vaso sanitário. Teobaldo cuspiu na mão e esfregou a saliva na glande inchada e rosa. Sem dar uma palavra, encostou a cabeça no ânus e foi enfiando devagar. O homem enorme tremeu e soltou o ar.

A pressão no pau era enlouquecedora. Sentia como se algo lhe sugasse, impelindo-lhe a entrar cada vez mais. Ao perceber que seu membro estava inserido quase até o talo e que as paredes de Augusto o abraçavam, Téo se debruçou sobre as costas largas e segurou o cacete duro. Enquanto metia freneticamente, masturbava-o sem dó.

Nada mais importava, não naquele momento. Naquela cabine, não havia espaço para o presente nem para o que cada um se tornara, apenas para o passado; o passado inebriante, marcado em sua pele, um tempo que Téo nunca quis deixar para trás.

***

Téo enfiava a blusa para dentro da calça em silêncio, olhando o ex-amigo se limpar. Um frisson, uma energia percorria suas veias. Sentia-se verdadeiramente vivo, como há muito não sentia. Sabia que precisava ir com calma, mas talvez eles pudessem recuperar o tempo perdido, agora que tinham se reencontrado e Augusto se separaria.

Augusto foi até a pia e lavou as mãos. Depois alisou a barba com os dedos úmidos e bochechou.

— Não comenta com ninguém o que aconteceu aqui, Fininho.

O comentário certeiro explodiu um pedaço da alma de Téo e lhe derrubou no chão feito as linhas de um eletrocardiograma. Desnudava que o ocorrido fora coisa de momento. A relação dos dois estava restrita àquela cabine de banheiro. Havia por tanto anos idealizado um passado, que, concretizado, mostrava-se impossível de ser vivido, então precisaria enfrentar o luto por algo que nunca poderia se realizar.

O bolo em sua garganta impediu qualquer resposta.

— Promete pra mim!

Téo engoliu em seco. Controlava a vontade de chorar.

— Prometo. — Tossiu. — Não vou comentar. — Ele se escorou na parede e cruzou os braços. Tentava disfarçar o coração partido. — Mas queria te perguntar uma coisa.

Augusto ergueu o dedo, pedindo um minuto, e cuspiu.

— O quê?

— Por que você se casou?

— Por que eu não me casaria?

A porta do banheiro bateu, interrompendo a conversa, e, alguns segundos depois, um senhor baixo e barrigudo, com óculos de lentes enormes ocupando as bochechas, olhou para eles e entrou em uma das cabines.

Téo se aproximou de Augusto.

— Você desconta a sua frustração na Vilma?

— Ela é minha mulher. A gente briga como qualquer casal e... Peraí, como você sabe o nome dela?

— A pulseira que você deu pra ela, comprou onde? Esse lance de que era da sua mãe é conversa.

Augusto inflou as narinas e repuxou o lábio superior. Fazia a mesma expressão que Téo já havia visto La Tanya fazendo ao matar uma barata.

— E isso te interessa por quê? Tá interessado na minha mulher?

Era evidente que Augusto desconhecia os planos de Vilma. Se o desejo dela de se separar era segredo, Téo manteria assim. Não importava que o homem à sua frente fosse o dono do seu corpo e do seu coração, ele seria incapaz de ser desleal, ainda que isso lhe custasse o amor.

— Faço uns trabalhos pro Eliomar. Conheci a Vilma no escritório dele e reparei na joia. Um caso que eu investigo tem uma pulseira idêntica. — Deu um passo à frente e mirou dentro dos olhos frios, buscando uma reação. — Achei que você me conhecesse melhor, Gutão.

— Não me chama mais assim... — Augusto ergueu o queixo. Abriu a boca para concluir, mas se calou.

Téo percebeu, pela visão periférica, a porta do banheiro sendo aberta. O homem, que lhe lembrava um jabuti de óculos, deu passos curtos até a bancada da pia, passou por trás dele e foi lavar as mãos sem se atrever a olhar para o lado. Provavelmente percebera a tensão no ambiente. Quando terminou, fez menção de alcançar o *dispenser* de papel ao lado de Augusto, mas, assim que estendeu a mão, trouxe ela de volta e secou na própria calça. Saiu, dando um boa-tarde tímido.

— Acho que já terminamos. Tem mais alguma coisa que você queira me falar?

Téo suspirou.

— Eu te procurei... Voltei três anos depois, pra te procurar.

— Foi tarde demais.

CAPÍTULO 32
sem noção do dia certo

Exausta, Fernanda tentava manter os olhos abertos, para não ser pega de surpresa quando o maníaco voltasse.

Ele havia se divertido bastante com cada chacoalhar do seu corpo, cada gemido de dor abafado pela fita nos lábios. Ninguém normal mostraria os dentes em um sorriso largo vivenciando uma situação daquelas. Constatar isso fazia com que cada músculo dolorido tremesse e seu peito apertado clamasse em silêncio por ajuda.

A verdade assustadora era somente uma — ela não sairia andando dali, a não ser que lutasse para isso... mas estava tão cansada.

O buraco na barriga lhe deixava ainda mais fraca e ainda havia a sede; uma sede absurda, que lhe fazia sonhar com um chuveiro enorme ao apagar de exaustão, jorrando litros e litros de água na sua boca. Havia bebido quase nada desde a sua chegada ali.

Há quanto tempo estou nesse inferno? Quantos dias uma pessoa sobrevive sem água?

Fernanda tentou calcular há quanto tempo estava presa pela claridade que se arrastava por entre as frestas do buraco de ar. Devia estar ali há três ou quatro dias, talvez mais. Lembrava-se de ter ido à casa do tio no final da tarde de terça-feira, depois tudo se apagou. Um breu total se apoderou de si, até acordar naquela prisão cinza.

Não fora a melhor aluna na época da escola simplesmente por falta de esforço, porque era inteligente. Sim, se tivesse ouvido sua mãe, talvez não precisasse perder seus dias em Irajá, fazendo faxina e favores ao tio em troca de um trocado. Poderia ter sido secretária ou professora, quem sabe enfermeira. Poderia ter morado em Copacabana ou no Flamengo. Poderia estar, naquele momento, admirando a água cristalina e turquesa do Arpoador, em seu balé de espuma nas pedras. *Poderia...*

Em vez disso, estava faminta e sedenta, algemada e presa a uma corrente chumbada na parede, nos fundos de um quartinho xexelento, que sussurrava "se prepara, não vai ser fácil sair daqui".

Ela afastou com o braço pedaços da franja úmida. O rabo de cavalo alto na lateral da cabeça estava desmoronando, apesar da meia dúzia de grampos enfiados na cabeleira, escondidos por baixo do elástico frufru.

É isso!

Fernanda levou as mãos presas até a base do penteado e puxou os grampos. O resto do rabo de cavalo desabou. A algema raspava na pele fina e machucada em cada tentativa desastrada de encaixar o grampo no fecho. A dor era aguda como a de um pé torcido mergulhado em uma bacia de gelo e não estava funcionando.

Frustrada, quis berrar, mas o barulho poderia atrai-lo de volta e ele havia sido claro — "Um pio e você morre".

Então uma ideia louca surgiu da lembrança de um filme assistido no Roxy, um mês antes. Ela arrancou, com os dentes, a cabecinha plástica do grampo e arreganhou as finas hastes de ferro. Depois enfiou a ponta no buraquinho reservado à chave da algema.

Foram mais de vinte tentativas até a alça dentada finalmente afrouxar.

Seu coração deu dois pulos e a barriga pareceu um freezer — tinha dado certo! Uma das mãos já estava solta. A possibilidade de se ver livre subiu a temperatura no cômodo e as palmas das suas mãos suaram, fazendo com que seus dedos escorregassem pela vareta de metal.

Pelo canto do olho, achou ter visto a porta tremer, como se outra porta, anterior, tivesse sido batida e o tremor, percorrido as paredes. Manteve-se atenta à maçaneta, aguardando o movimento, mas nada aconteceu.

Eu tô imaginando coisa...

Fernanda voltava a atenção para o pulso ainda preso quando uma melodia potente e trágica vazou pelo vão da porta.

Ele tá voltando, anda... Abre... Abre, pelo amor de Deus!

O desespero lhe fazia enxergar pequenos pontos pretos dançando à sua frente. As lágrimas embaçaram sua visão. Tateou de forma frenética o fecho, rezando baixinho os trechos do pai-nosso de que se lembrava. A trava simplesmente não cedia.

Um som parecido com o de uma chave raspando a fechadura foi seguido de outro — o das dobradiças rangendo — e uma fresta foi aberta. Por ela, passou um pequeno gato tigrado, aparentemente curioso com o ambiente.

Gatos não colocavam música para tocar, tampouco destrancavam portas.

Ela só tinha uma saída...

— *Piss, piss, piss!* Vem gatinho... Gatinho fofo, vem cá! — Estendeu a mão livre.

O filhote atendeu. Trotou na sua direção e roçou o corpinho macio em suas pernas. Fernanda o agarrou sem titubear, ao mesmo tempo em que a porta foi escancarada.

— Fica parado aí, senão eu quebro o pescoço dele. — Se a fome era o melhor tempero, o desespero era a melhor arma. Ela mantinha o gato colado ao seu corpo com a mão ainda presa enquanto a livre envolvia o pescoço do bichinho. — Não pensa que eu não tenho coragem, porque tenho...

O homem carregava uma garrafa de plástico verde com tampa de rosca branca, daquelas bojudas e ásperas. Era impossível ler o que se passava na mente dele. Os músculos do rosto pareciam congelados, com exceção dos olhos, duas bolas pretas que chamuscavam.

— Joga a chave da algema, que eu solto o seu bichinho! — Ela escutou a própria voz em um tom esganiçado.

Ele não respondeu.

— Se você jogar a chave da algema, eu não machuco ele.

O gato miava como se tivesse percebido que sua vida estava em risco.

O Açougueiro meteu a mão no bolso da calça e tirou de lá o que ela tinha pedido. O objeto de metal não fez barulho quando caiu ao lado do seu pé, no colchão de espuma. Ela segurou o bichano com o antebraço ao enfiar a chave no buraco.

Com o *clique*, o bracelete de aço despencou e Fernanda prendeu a respiração. Estava solta, a alguns passos da liberdade. Só precisava passar pelo homem de braços compridos e mãos do tamanho das suas Havaianas.

Parado no meio do quarto, ele inclinava a cabeça para os lados e estalava o pescoço. Mirava o gatinho assustado, preso em um abraço apertado.

— Agora você troca de lugar comigo. Cada um passa por um canto do quarto e, quando você chegar aqui, se prende na algema. Eu vou por esse canto — ela indicou sua direita — e você vai por esse aí. Não tenta nada...

Circundaram o cômodo, mergulhados nos olhos um do outro como dois galos de rinha.

Assim que o Açougueiro largou a garrafa em cima do colchão e fechou a algema ao redor dos próprios pulsos, Fernanda abriu os braços para o gato pular e correu porta afora. Não sabia o que iria encontrar, mas não desperdiçaria a chance de fugir.

Desembocou em um quarto de guardados. Era dali que vinha a música. Esbarrou na quina de uma pequena mesa ao passar esbaforida, focando na provável saída. Ganharia uma mancha roxa enorme no quadril, porém a menor das marcas, se não saísse dali.

Quando suas mãos trêmulas alcançaram a maçaneta, a melodia enérgica acompanhou as batidas do seu coração. A porta estava trancada.

CAPÍTULO 33

Cada vez que Téo encontrava o Guanabara ele aparecia mais enfeitado do que árvore de Natal.

— Êeee, Guanabara, não sabia que a polícia agora pagava bem. Pô, errei ao me aposentar... — Téo provocou, ao puxar a cadeira para se sentar.

O ex-colega deu um risinho meio de lado enquanto mastigava um sanduíche gigantesco, com camadas de carne rosada intercaladas por grossos nacos amarelos. Era o famoso pernil com abacaxi do Cervantes.

A mesa escolhida, de canto, para duas pessoas, embaixo do enorme quadro de Don Quixote lutando com os moinhos de vento, era propícia para a conversa. Téo não era de enxergar gigantes onde não havia nenhum. Sim, tinha as suas manias e questões mal resolvidas, mas estava a anos-luz da fantasia e paranoia do personagem.

— Diz aí, meu chapa, que que você manda? Tenho certeza de que esse encontro não é pra admirar a minha beleza... — Guanabara tinha um senso de humor sarcástico. A papada, que inchava a cada pedaço de sanduíche engolido, e o bigode amarelado pelo fumo o distanciavam da figura bem-apessoada do Magnum, modelo de investigador admirado por sete entre dez policiais, que não devia ter dificuldade de comer ninguém.

Téo embarcou na gozação.

— Você se tem em tão baixa conta? A sua beleza é exótica... — Riu, para trazer leveza à conversa e arrancar mais facilmente o que desejava.

— Vou considerar esse elogio, meu chapa, mas não enrola. Desembucha, porque, daqui, tenho um encontro mais interessante. Vou terminar minha noite no Barbarella. — Deu uma golada no chope suado e passou a língua larga nos lábios finos, provavelmente imaginando o que faria com a coitada que aceitasse o programa.

— A gente sabe que você tem proximidade com o pessoal do Carmelino, né? — Téo teria que pisar naquele terreno com calma.

Guanabara tencionou as linhas que ligavam seu lábio inferior ao queixo e o faziam parecer uma marionete feia.

— Você já tem sua resposta...

— Calma, cara! Não tô aqui pra te ferrar, não. — Téo se recostou na cadeira, demonstrando estar relaxado. — Só preciso de informações para aquele caso de desaparecimento que estou investigando.

Guanabara lhe mirou, ressabiado. Acertos e disputas de pontos muitas vezes acabavam com os envolvidos desaparecidos.

— Sabe aquele desaparecimento da professora? Você mesmo me indicou o corpo na mala. Essa é a base da minha investigação... Não tô interessado nas negociações, só quero saber mais sobre o Açougueiro.

O policial papudo tossiu e socou o próprio peito para liberar o engasgo.

— Olha, Guanabara, já te sacaneei alguma vez na vida? — Téo tentou manter o tom de voz calmo, apesar da irritação. — Pelo contrário, fui teu parceiro leal, mesmo não concordando com certas coisas, e te livrei de algumas, lá na DP, quando o Abrahão foi delegado titular, lembra? O que a gente conversar aqui, fica aqui.

Guanabara não era exemplo de bom policial, mas, por incrível que parecesse, a perseguição do delegado tinha sido calcada em motivos torpes — insatisfação com o racha do *cafezinho*, patrocinado por Carmelino Mourão. Apesar do cargo menor, o inspetor era mais antigo no posto e na folha de pagamento do bicheiro.

— O que cê quer saber sobre ele?

— Pra começar, o nome...

— Augusto Macieira...

— Augusto Macieira?! — As mãos de Téo tombaram em seu colo e seu peito apertou com uma dor aguda, como se as mãos graúdas de Augusto espremessem seu coração até implodi-lo. Talvez fosse um infarto.

Não, não pode ser...

— Isso. O ex-tenente Augusto Macieira, um dos militares mais atuantes nos porões da Vila Militar. Se alguém tem experiência em dar sumiço nos outros, é ele.

Téo não respondeu. Tinha uma parede bloqueando a entrada de ar na boca e no nariz.

— Téo? Téo?! Porra, Téo, tu vai estragar o meu programa mais tarde, seu filho da puta! Alguém chama uma ambulância!

CAPÍTULO 34

Foi só o tempo de virar a cabeça para procurar a chave ou algo que lhe ajudasse a abrir a fechadura e uma mão agarrou seu cabelo enquanto um braço musculoso lhe abraçou pelo pescoço e lhe puxou para trás. Fernanda foi tragada, como se pela correnteza forte que impede o banhista de ultrapassar a arrebentação e chegar à areia em segurança

— Você estragou a música — o Açougueiro sussurrou com a boca em seu ouvido. — Beethoven compôs essa sinfonia maravilhosa já surdo, sabia? Ele merecia um pouco mais de respeito e apreciação. — Ele apertou ainda mais o braço e o músculo saltado pressionou sua goela.

Estava sendo arrastada de volta para aquele pesadelo e não havia nada que pudesse fazer, a não ser acompanhar as passadas para não sufocar.

— A gente estava na fase de se conhecer ainda. — Ele deu um tranco em seu pescoço, como se pretendesse separá-lo do tronco. — Por isso que você achou que eu fosse apertar as algemas, me teve por idiota. Agora eu vou ser obrigado a acelerar as coisas.

Ele lhe arremessou contra a parede de cimento. Ela bateu no alvo com a lateral do corpo e se estatelou no chão. O impacto produziu um som oco, que se misturou ao seu gemido.

Dobrou os braços, na tentativa de erguer o tronco, mas seus músculos tremiam e a verdade era como um soco em seu estômago vazio — estava fraca demais. Mal havia ganho um palmo de altura e suas mãos cederam. Despencou, batendo a cabeça no piso. A dor respondeu rápido e latejante, deixando-lhe à mercê dele.

Passos se aproximavam e, à medida que o som do salto espancando o cimento frio ficava mais perto, o desespero de não conseguir se levantar crescia.

De bruços, percebeu que o som parou ao seu lado; então sentiu um peso absurdo um pouco abaixo da nuca. O maldito devia pesar mais de noventa quilos. Respirar doía. Sua traqueia imprensada contra o piso dificultava a entrada do ar. O peso sobre seu pescoço dançava de um lado para o outro, como se o homem estivesse esfregando o salto do sapato contra a sua pele. Viu-se feito uma barata, sendo esmagada até estalar. Um *crack* interno foi seguido de um jato de sangue quente subindo para o seu crânio.

— Agora você tá no ponto... — O sapato de couro bateu no chão e cada passo dado na outra direção soou como um tiro.

No ponto?

Fernanda quis apoiar as mãos no chão e flexionar os braços, porém não se moveu.

Anda! Vai!

Concentrou-se no movimento e nada. Não conseguir se mexer fez com que o enjoo viesse forte e o quarto balançasse. Um gosto ácido emergiu do fundo da sua garganta e ela virou o rosto para o lado. Ao menos não sufocaria no próprio vômito — uma mistura minguada de bile e saliva.

Balançava a cabeça, mas não conseguia deslocar o mindinho. O que havia acontecido?

A música ficou mais alta e Fernanda se viu sendo erguida e virada de barriga para cima, sem, contudo, sentir as mãos duras que lhe carregavam. O pescoço pendendo lhe deixava com uma única visão, a do teto, com sua pintura suja e luminária cilíndrica de corredor de hospital público, daquelas que costumam piscar demais e não tardam a queimar.

— Sabe, foram anos de experiência no meu trabalho anterior. Até aprender o ponto certinho da coluna, levei um tempo. — Ele a colocou de costas no colchão e abriu os seus braços; os seios totalmente acessíveis. Manipulava-a como uma boneca de pano. — Quando eu acertava um pouco mais pra cima, a morte era imediata... — Desabotoou a calça jeans. — Mais pra baixo, os braços não ficavam imóveis. Até que, com um pouco de pesquisa e algumas tentativas e erros, cheguei no ponto perfeito. — Ele agarrou as bainhas da sua calça e puxou. Com o movimento, suas pernas foram erguidas, depois tombaram na espuma fina do colchão.

Lágrimas escorreram pela lateral das suas bochechas e não eram de dor. Ele tinha a sua calcinha entre os dedos. Ela passaria pelo pior terror que uma mulher pode passar sem sequer conseguir lutar. O desgraçado havia lhe roubado até isso e, naquele momento, colocava a porra de uma pulseira em seu pulso inerte.

Sentiu-se morta, como um espírito preso ao cadáver, planando e assistindo ao verme devorando sua carne sem que nada pudesse ser feito para evitar o banquete.

Seria comida viva.

CAPÍTULO 35
28 DE JANEIRO DE 1985

Vilma tocou a campainha da sala na Barata Ribeiro duas vezes seguidas. Oscilava o peso entre as pernas enquanto encarava o número sete de cabeça para baixo. Estava se decidindo se aquilo era um indício de sorte ou azar quando a porta foi aberta.

Téo escancarou a porta com uma feição abatida. Vestia uma calça de alfaiataria com uma camiseta branca e trazia uma toalha no pescoço. Com os braços nus, Vilma reparou que, apesar de ser magro, o detetive tinha músculos firmes e marcados.

— Desculpa se cheguei mais cedo, Téo... — Ela não se sentia constrangida com facilidade e, de fato, não estava, mas falou por educação.

— Sem problemas. Eu já estava esperando você. — Ele se postou de lado, para que ela entrasse.

O escritório não era muito grande e cheirava a Bom Ar e cloro. Vilma notou um travesseiro e um lençol dobrado em um dos assentos do sofá.

— Senta aí. — Téo apontou a cadeira claramente reservada aos clientes. — Você aceita um café? — ele perguntou, quando ela pousou os olhos na xícara em cima da mesa do escritório. Além do café, Vilma contou seis comprimidos em um prato de sobremesa.

— Tá tudo bem?

Téo era um homem de cerca de quarenta e poucos anos. Vilma não imaginara que ele tivesse a saúde tão fragilizada.

— Ah, isso aqui? — Ele segurou um comprimido amarelado e translúcido entre os dedos. — Passei meio mal no fim de semana, mas agora tô ótimo! Isso aqui é cápsula de óleo de fígado de bacalhau. É pra melhorar a saúde dos ossos. Esse aqui — apontou uma pílula azul — é pra prevenir ataques de rinite... Sabe como é, né? Ficar entrando em ambientes com ar-condicionado pra depois enfrentar esse calor senegalês acaba me deixando todo entupido. Tem também vitamina C, comprimido pra pressão, aspirina, pra afinar o sangue, e pílula pro estômago, porque preciso proteger o bichinho de tanto remédio.

Vilma não conseguiu se conter e riu. Achou graça em um homem que já fora policial e era detetive, portanto afeito ao lado sombrio dos seres humanos, preocupar-se tanto com alergias e azia.

— Desculpa, Téo! — Riu. — Não queria fazer pouco de você.

Ele abanou a mão, indicando que não se importava, e soltou uma risadinha. Depois jogou todos os comprimidos na goela e engoliu com água.

— É uma pena quebrar esse clima, porque o assunto é sério. — Ele contraiu a boca.

— Você disse, na sexta, que conhece meu marido de outra época e tem assuntos pendentes com ele. Passei os últimos dias pensando nisso. Vim aqui pra você me contar o que sabe dele.

— Você sabe no que o seu marido trabalha? — Téo lhe olhava como se analisasse um petisco de botequim dormido, avaliando se ainda estaria próprio para o consumo.

— Ele é segurança de um empresário... Acho que dono de empresa de ônibus. Pra ser sincera, nunca conversamos sobre isso.

— Me desculpa por matar a imagem que você tem dele... — Téo fez que tocaria suas mãos, entrelaçadas sobre a mesa, porém desistiu, pousando-as no próprio colo. Provavelmente percebera que não era pertinente esse tipo de intimidade, afinal eles mal se conheciam. — O Augusto não trabalha como segurança. Seu marido é o Tenente Macieira, um dos maiores torturadores dos porões militares.

Vilma levou uma mão à boca e ergueu as sobrancelhas.

— Você tem certeza? — Era mais fácil acreditar em um engano.

— Absoluta.

Ela engoliu em seco. Apesar da revelação surpreendente, talvez, então, as coisas se encaixassem.

— Ele foi reformado por alguns motivos, entre eles um flerte poderoso com a contravenção. Quando deixou a caserna, assumiu como braço direito do barão do jogo do bicho, Carmelino Mourão.

Vilma percebia certo olhar de pena nele, como o de um médico notificando um paciente de seu estado terminal.

— Augusto não só faz todo o trabalho sujo do Carmelino, como ganhou alguns pontos de jogo, em reconhecimento pelo bom serviço prestado. Além disso, trabalha com agiotagem. Tudo lá, em Irajá.

Vilma não vivia no luxo, pelo contrário; Augusto sempre chorara miséria. Sabendo, naquele momento, que ele nadava em dinheiro, ela não queria um tostão da grana respingada de sangue.

— Olha, não tem jeito fácil de dizer o que tenho pra contar, Vilma, então vou direto ao ponto. — Téo lhe encarou, abriu a gaveta e jogou umas fotos sobre a mesa. — Essa aqui é uma professora chamada Margarete. Ela está desaparecida há quase três semanas.

A foto mostrava uma mulher de cabelos cacheados curtos, lábios finos e bochechas salientes ao lado de um homem. Ela não sorria.

— Essa outra aqui — ele apontou para o close de um pulso e uma mão, inchados e acinzentados — é de um corpo achado no canal da Via Nove, a alguns poucos quilômetros da sua casa.

O estômago de Vilma se dobrou como se ela tivesse levado um soco; não sabia se em razão dos pedaços, claramente de um cadáver, ou da pulseira encravada na carne inchada.

— É muito parecida com a minha — balbuciou. — É por isso que você perguntava da pulseira…

— Se você olhar com atenção, vai concluir que é idêntica à sua. A largura dos elos é exatamente igual, assim como o fecho e o pingente. — Téo passava o dedo na fotografia, ressaltando as partes da joia enquanto falava, mas Vilma sentia como se um raio tivesse caído ao seu lado e o estrondo, estourado os seus tímpanos.

A maioria das mulheres, confrontadas com uma suspeita daquelas, teria sérias dúvidas ou bateria no peito, garantindo que seu marido seria incapaz de uma atrocidade daquele calibre. Vilma, não. As fotos respondiam perguntas que ela sabia que existiam dentro de si, porém eram competentemente ignoradas por medo da resposta.

A resposta estava ali, vestida de uma pele cinza com veias arroxeadas.

— Vilma? Vilma? — Téo balançava a mão em frente ao seu rosto. — Tá tudo bem? Sei como isso deve ser difícil pra você.

Difícil? Sim! Augusto é capaz de matar, meu Deus!
Libertador, também.

— Quando ele vai ser preso?

— Preso? — Téo suspirou. — Pra que isso aconteça, não basta o instinto de um detetive. Vamos precisar de provas. Predadores desse tipo guardam troféus das vítimas, sabe? Uma peça de roupa, um brinco, um elástico de cabelo. Talvez esse seja o caminho. — Ele recostou na poltrona executiva e balançou a cabeça, avaliando todas as possibilidades. — Flagrante eu acho difícil, mas vou tentar segui-lo.

— Então você acha que ele guarda coisas de pessoas que já matou lá em casa? — O horror fazia fervilhar o seu ácido estomacal.

— Sim. Entenda uma coisa, seu marido matou muita gente na Vila Militar, mas essa fase nova dele, se é que é nova, é diferente. Acredito que ele tenha um perfil; não baseado em preferência estética, mas em mulheres que lhe são entregues por seus próprios familiares, como pagamento de dívidas com o bicho ou de agiotagem.

Saber que existia gente capaz de entregar pessoas próximas como pagamento sem sequer se importar com as consequências fez seu coração disparar. Vilma conhecia certa maldade do mundo. Vinda do interior da Paraíba, presenciara a fome e a sede a esturricar crianças, velhos e animais; a cachaça a forrar estômagos e criar discórdias; as necessidades mais básicas desatendidas, gerando bestas-feras capazes de vender um filho em troca de comida no prato. Ela só não imaginava que na Cidade Maravilhosa, com suas praias azuis, florestas abundantes, o calçadão de

Copacabana e um sambinha bom, acontecessem coisas parecidas sem a seca para justificar.

— Vilma, sinceramente, não sei se é seguro você continuar na sua casa. — Ele apertou os lábios. — Tenho um compromisso agora, mas posso te dar uma carona quando terminar e a gente vê um lugar pra você ficar.

Ela havia relutado tanto em tomar aquela decisão. A princípio, pelo marido, depois, por não querer abrir mão da sua vida, rotina e trabalho; mas a revelação de que Augusto provavelmente matara a professora e de seu passado horroroso a empurrava, finalmente, para aquele desfecho.

— Você consegue me fazer sumir? — perguntou, em um rompante, antes que mudasse de ideia.

— Eu nunca fui bom com truques de mágica, mas vou fazer o possível.

CAPÍTULO 36

A Brasília laranja encostou em frente ao prédio de cinco andares, com fachada em pé-direito alto e letreiro sóbrio. As letras em bronze, formando as palavras "Instituto Médico Legal", eram dispensáveis. Qualquer pessoa que transitasse pela Avenida Mem de Sá, no Centro do Rio, saberia ao que se destinava aquele lugar pelo cheiro de podre que pairava no ar.

— Tem certeza de que você quer ir junto? — A dúvida de ter feito a coisa certa ao levar Vilma lhe encarava da entrada envidraçada com um sorrisinho do tipo "olha a merda que você fez". Téo esperava que ela quisesse aguardar no carro, mas Vilma havia decidido ir com ele até lá e ele já percebera que ela não era do tipo que mudava de ideia facilmente.

— Tenho. Vim para conhecer meu marido... Vou até o fim. — Ela ergueu o queixo e meteu a mão na maçaneta.

Téo meneou a cabeça e saltou do carro. Queria a verdade tanto quanto ela, mas que a verdade apontasse para outra pessoa.

Eles pegaram a escada. Téo não confiava em elevadores de prédios públicos antigos. Se fosse para acabar no fundo do poço, que fizesse isso com as próprias pernas... e escolhas.

Pararam no quarto andar, o das geladeiras.

— Vamos conversar com o Dr. Anísio Mota, médico legista. Ele é um contato antigo meu, da época em que eu estava na Civil. — Ele sacou do bolso interno do paletó um lenço e um vidrinho de álcool, derramou o líquido no pano e esfregou nas mãos logo depois de tocar na porta da sala.

O homem de jaleco branco estava de pé ao lado da bancada, nos fundos. Seus óculos de aros grossos tinham uma das hastes remendada com esparadrapo. Alguns fios grisalhos despontavam de suas narinas e orelhas.

— E aí, doutor, temos a confirmação da identidade da Margarete? — Téo cruzou os braços para evitar tocar em qualquer coisa.

— A irmã dela esteve aqui, hoje de manhã, e trouxe os registros dentários. Estou terminando a análise, mas, antes, preciso te mostrar uma coisa...

O médico foi até a estante e pegou um livro enorme, que apoiou na escrivaninha e folheou.

— Olha aqui esse desenho. — Apontou para uma imagem de lado, que lembrava o movimento sinuoso de uma cobra, porém em forma de ossos. — Essa é a reprodução da coluna vertebral — continuou o doutor. — A coluna é formada por vértebras, discos, músculos e ligamentos. As vértebras são unidas por ligamentos e, entre elas, existe um disco cartilaginoso que diminui o impacto. Existe um canal no interior das vértebras por onde passa a medula espinal.

Téo não tinha muito tempo para uma aula de anatomia, mas sentia que o doutor Anísio chegaria a algum lugar importante.

— Um trauma na coluna pode provocar uma lesão nas vértebras e, por consequência, na medula. A necropsia identificou uma lesão na vértebra C5. Sabe o que isso acarreta ao indivíduo?

Vilma soltou um não sonoro antes que Téo conseguisse abrir a boca, indicando sua ansiedade pela resposta.

— Lesões na coluna, acima da sexta vértebra cervical, acarretam tetraplegia. A pessoa não consegue mexer braços e pernas.

— Essa foi a causa da morte? — Téo puxou um bloquinho para anotar as informações.

— Não. A causa da morte foi esganadura. Quem matou essa moça apertou o pescoço dela sem que ela pudesse reagir.

Vilma deu dois passos para trás e esbarrou em um modelo do corpo humano que enfeitava a escrivaninha do médico, interrompendo a explicação.

— Desculpa... Me desculpa! — Ela tentou colocar de volta dentro do corpo os pequenos órgãos de encaixar, que tinham se espalhado pela mesa. — Pode continuar. — Olhou para Téo e ele meneou a cabeça, numa tentativa de acalmá-la.

O médico não se fez de rogado.

— A vítima sentiu as mãos lhe apertando e anteviu o que iria acontecer. Imaginem que morte horrível.

Téo imaginou. Mãos enormes pressionavam as laterais do seu pescoço, impedindo que o ar chegasse aos pulmões. Apertavam tão forte que ele ouviu um *crack* interno, seguido da injeção de sangue quente subindo pela nuca. Sentia uma pressão nos olhos, como se eles estivessem inflando a ponto de pular das órbitas, caminhando para o estouro inevitável... e não conseguia erguer os braços ou mexer as pernas para lutar por sua vida. Isso lhe deu a perfeita dimensão do sofrimento daquela mulher, ao mesmo tempo em que era difícil crer que Gutão fosse capaz de algo tão cruel.

Diz pra mim que não foi você...

As pulseiras eram uma coincidência difícil de ignorar, por mais que ele tentasse. Então Téo buscou outra explicação. Sua mente girava, tentando se apegar a qualquer ideia que fizesse sentido. Talvez, se ele não tivesse saído da escola, se tivessem se formados juntos, ficado juntos, permitindo-se viver seus sentimentos, mesmo que apenas entre quatro paredes, Augusto fosse outra pessoa.

Culpa.

A culpa de tê-lo abandonado, de ter contribuído para aquele resultado de alguma forma abraçava Téo por trás, dominando-lhe completamente.

— Só mais uma coisa, doutor... A irmã reconheceu o corpo? — ele conseguiu perguntar, após alguns momentos de silêncio.

— Não. — O médico puxou de uma perna até sua cadeira e se sentou, convidando-os a se sentarem nas duas cadeiras dispostas de frente para ele.

Téo estremeceu só de pensar em encostar um de seus únicos ternos remanescentes naquele móvel.

— Não, obrigado, já estamos de saída. — Ele encarou Vilma. Contava com a esperteza dela captando o seu olhar inquieto, pulando do rosto de maçãs saltadas e olhos curiosos para as duas cadeiras de plástico indicadas. Não queria precisar tomar um banho de álcool no carro.

— Olhe, ainda não terminei, mas, pelo que já analisei, posso dizer que o corpo não é da Margarete.

— Tem certeza? — Téo bambeou. Suas pernas perderam força. Estava convencido de que o cadáver na mala era dela, podia apostar sua vida nisso. — Tem certeza?

— Absoluta — doutor Anísio respondeu com firmeza.

Marcos, o marido, havia mentido ao reconhecer a pulseira e afirmar que era um presente seu. Téo iria a fundo nessa história.

— Pode me passar o endereço da irmã?

Vilma encarava o céu azul enquanto seu peito trovejava. Téo, ao seu lado, no volante, também não parecia bem.

Havia concordado em ir com ele até o Méier, para visitar a irmã de Margarete. Queria aquele tempo a mais para contar aquilo que estava preso na sua garganta. Iria expor sua intimidade, um dos momentos mais perturbadores do seu casamento, mas precisava de um empurrão para isso e Téo havia se trancado como uma ostra.

— Téo... — Ela olhou para o perfil dele, a expressão fechada, e titubeou.

— Hã? — Ele não tirou os olhos do trânsito à sua frente.

— Preciso contar uma coisa importante...

— Fala... — Ele deu uma buzinada, seguida de um toque no freio, e ela levou a mão ao painel, para amparar o movimento do corpo. — Olha, que filho da puta! — esbravejou com a fechada. — Desculpa, fala... — Ele olhou rapidamente para ela como incentivo e voltou os olhos para a pista.

— Essa mulher da mala, mesmo que não seja quem você pensava, usava uma pulseira igualzinha à minha. Mesmo sem saber quem é a vítima, a gente sabe quem é o assassino.

Ele a fitou de sobrancelhas erguidas e deu um sorriso triste.

— Tenho certeza que foi o Augusto que matou aquela mulher desconhecida.

— Por causa da pulseira? Talvez isso não seja prova suficiente...

— Não só por isso... — Respirou fundo. — Aconteceu só uma vez... — Sua voz deu uma falhada, mas Vilma insistiu. — A gente estava tendo relações e a coisa não ia bem, se é que você me entende... — Ela sentiu o rosto pegando fogo, no entanto continuou. — Aí ele pediu que eu não mexesse nem os braços, nem as pernas; que eu ficasse parada como uma estátua, e botou as mãos em volta do meu pescoço, mas não apertou.

— Cacete, Vilma! — Téo quase acertou a traseira do carro da frente, que decidira frear em cima do sinal amarelo.

— Fiquei muito perturbada. — Não era mais a Dias da Cruz, com seu movimento intenso de pessoas andando de um lado para o outro como formigas, que ela enxergava através do para-brisa, mas corredores e mais corredores repletos de estantes de livros. — Por uma semana, frequentei a Biblioteca Nacional no horário do almoço e pesquisei livros de psicologia. Palavras difíceis para explicar uma coisa mais difícil ainda de entender.

— E o que você descobriu? — A pergunta tinha um tom ansioso.

— Não sei se entendi direito, mas que ele podia ter uma tal de *para* alguma coisa. — A lembrança daqueles dias, quando a dúvida sobre Augusto ser normal tornara-se uma visita espaçosa, daquelas que aparecem sem avisar e acabam ficando para o jantar, apertou seu peito com força.

Seu marido havia matado uma pessoa e de forma proposital, cruel. Nada de virar uma esquina e dar de cara com um pedestre atravessando no lugar errado, sem tempo ou espaço para desviar o carro — o que já seria horrível, mas ela compreenderia. Não. Ele apertara o pescoço de uma mulher indefesa, com a coluna quebrada, que assistiu à morte tomá-la à força sem poder reagir.

— E você acha que isso significa o quê?

— Depois de ouvir o Dr. Anísio, acho que ele encenou a tara dele comigo, até finalmente colocar em prática.

Téo apertou os lábios, formando uma linha fina e tensa.

— Vou procurar um psiquiatra forense que conheço e ver o que ele pode esclarecer... e, por garantia, vamos tirar você daquela casa hoje mesmo!

Téo encostou o carro em frente a um sobrado amarelo com jardineiras no muro, desligou a Brasília e a olhou de frente.

— Depois de tudo o que a gente sabe, acho que está bastante claro. Essa Vilma, aí — ele mexeu a cabeça na direção dela —, vai ter que deixar de existir; mas, enquanto isso não acontece... — Téo jogou o braço por trás do banco e alcançou sua pasta. Em segundos, depositava nas mãos de Vilma algo duro e pesado, frio. Tinha um cabo áspero, com pequenas reentrâncias e um cano curto. — É um revólver calibre trinta e dois. Você sabe atirar?

Algo na expressão dele a estava deixando ainda mais preocupada. Uma sensação de perigo apoderou-se de si e Vilma entendeu que talvez precisasse lutar pela própria vida até o final daquele dia.

Capítulo 37

— Por favor... — A mulher abriu um sorriso desconfiado e fez uma mesura, convidando-os a entrar. — Só não repara, que a casa é simples.

O lugar era simpático. Entre o portão da rua e a porta de entrada, havia uma pequena varanda com vasos de plantas, jardineiras nas janelas e um banco, daqueles de praça. Vilma sentiu uma pontada de inveja, como um pequeno beliscão; não pela casa, ainda que aconchegante e bem cuidada, mas pela vida ao seu redor; pelo vizinho escutando rádio, a padaria dobrando a esquina, as crianças risonhas que passavam na calçada e a vista — de outras casas e pequenos prédios, que a faziam se sentir inserida no mundo.

Sua casa era maior e tinha um terreno mais amplo, no entanto as ruas eram vazias. Encontrar vizinhos era coisa rara e, para comprar um pão, precisava andar seis quarteirões. Ainda assim, era a sua casa e não seria nada fácil deixar tudo para trás.

— O senhor é da polícia? — A dona fez sinal para que se sentassem no sofá enquanto ocupava a poltrona. Havia um forte cheiro de cigarro impregnado no ambiente.

— Não, dona Marília. Sou detetive particular e essa aqui é minha secretária. — Téo indicou Vilma e ela tirou da bolsa um caderninho e um lápis. — Peguei seu endereço com o Dr. Anísio.

— Ah, sim... Estive lá, levando alguns registros dentários. — Dona Marília puxou um lenço de papel da caixa *Kleenex* em cima da mesa de centro e secou os olhos. — Não me conformo com o jeito como minha irmã foi encontrada...

Téo tossiu. Pelo visto, Dr. Anísio ainda não tinha comunicado a ela que o corpo na mala não era de Margarete.

— Como era a relação da sua irmã com o marido? — Ele inclinou o corpo para a frente e mirou a mulher. Vilma estava atenta, pronta para fazer anotações.

Dona Marília retorceu levemente a boca.

— Com o Marcos? Desculpe, quem contratou o senhor?

— A pessoa que me contratou solicitou anonimato, mas posso dizer que foi alguém do trabalho.

Vilma sabia que Téo estava mentindo na maior cara dura e ficou surpresa com a naturalidade dele.

— Ah, sim... — A mulher abriu um pequeno sorriso, entretanto os olhos não acompanharam. — Minha irmã era uma pessoa muito boa, muito querida, não merecia a vida que teve.

— Então nos ajude a descobrir o que aconteceu com ela. — Téo foi incisivo.

Dona Marília se levantou e buscou um porta-retratos no meio de outros, arrumados em cima de um aparador. Sentou-se, abraçada à fotografia.

— Minha irmã caçula sofreu muito. — Marília afastou o objeto do peito e beijou a foto. — É difícil expor a intimidade dela assim.

Vilma compreendia a dificuldade dela. Havia morrido de vergonha de si mesma a cada empurrão ou xingamento de Augusto.

— Eu entendo, dona Marília. Passei por coisa parecida com o meu marido. — Debruçou-se e tocou nas mãos dela, oferecendo apoio. — Eles é que fazem coisas horríveis e nós é que sentimos vergonha. Nos calamos por causa disso, o que acaba ajudando eles, que posam de bons maridos, filhos e pais. A gente precisa tirar as máscaras e expor os monstros.

A mulher secou os olhos vermelhos e meneou a cabeça.

— É, tem razão... — Ela pausou alguns segundos, encarando a parede atrás deles. O olhar vazio. — e minha irmã está morta mesmo...

A verdade coçava a língua de Vilma. Achava que o certo era revelá-la logo, mas se manteve calada. Não queria interromper o relato.

A mulher puxou um cigarro de uma cigarreira preta e a brasa brilhou forte com a primeira tragada. Ela jogou a cabeça para trás e soltou a fumaça na direção do teto.

Téo levou a mão não tão discretamente à frente do nariz.

— Desculpe. Preciso de algumas tragadas para relaxar e desabafar.

— Tudo bem — Vilma respondeu, em um rompante, pois percebeu que Téo não diria nada.

— Margarete sempre foi uma pessoa tímida. Enquanto eu ia ao Arpoador, aos bailinhos e saía com a turma para ir ao Gordon de Copa, ela ficava em casa lendo e ouvindo Roberto Carlos. — Bateu a cinza no cinzeiro. — Eu sou três anos mais velha do que ela e, quando jovem, não achava normal aquela atitude. Naquela época, as moças achavam, e eu me incluo, que precisávamos nos casar até os vinte e poucos anos. Ninguém queria ficar pra titia. Insisti várias vezes pra ela ir comigo, sair um pouquinho... — Suspirou. — Ela vivia um inferno no casamento e a culpa é toda minha.

— Não, dona Marília, a culpa nunca é nossa... — Vilma pretendia confortá-la, mas a mulher levantou a mão, com um claro sinal de pare.

— É sim! Quem apresentou o Marcos pra ela fui eu. — Marília esmagou a guimba no cinzeiro e acendeu outro cigarro. — Eu que insisti pra que ela fosse no arrasta-pé do Alexandre. Eu que puxei minha irmã do sofá pra dançar com ele. Quando ele começou a bater aqui, eu que convenci ela a sair com ele e ainda apresentei ele aos meus pais. — Amassou o maço vazio e o jogou sobre a mesa de centro.

— Então a senhora foi a culpada pelo casamento deles? — Téo claramente não estava à vontade com a fumaceira na sala, no entanto não sairia dali até conseguir respostas.

A mulher deu uma risada triste.

— Sim e não, mas, com certeza, fui culpada pela infelicidade dela. Olha, é difícil dizer... Por favor, não me interrompam, senão não vou conseguir. — Baixou o rosto e examinou a fotografia mais uma vez. — Minha irmã estava saindo com o Marcos, de namorico, não porque gostava dele, mas porque era o que uma menina normal, de dezessete anos, *devia* fazer... Eu enfiei isso na cabeça dela. Naquela época, eu acreditava nessa besteira. Eles já tinham saído umas sete vezes, quando, numa noite, Margarete entrou no meu quarto chorando com a calcinha manchada de sangue. O safado tinha agarrado ela à força. Achei que o certo era contar pra mamãe, mas deveria saber, pelo jeito rigoroso de papai, que ele obrigaria a coitada a se casar com o seu estuprador.

Vilma levou a mão à boca.

— E o desgraçado aceitou rapidinho... Margarete podia ser tímida, mas tinha vida antes disso acontecer. Depois, passou a viver num torpor, num mundo cinza. Nem suas músicas ela ouvia mais. Não sorria.

— Graças à lei, infelizmente — explicou Téo. — Nossa lei penal não pune o estuprador se ele se casa com a vítima. Marcos escapou de um processo, condenando a sua irmã a algo pior do que a prisão. Sinto muito.

Marília não respondeu. Seu queixo tremia, antecipando o choro.

— Olha, dona Marília, a senhora não tinha como saber... — Vilma soltou. Teve pena, mas achou melhor ficar quieta. Nada que dissesse naquele momento passaria uma borracha em sentimentos nutridos por tanto tempo.

Um silêncio desconcertante ocupou a sala, até Téo resolver quebrá-lo:

— Eu queria lhe fazer uma pergunta, dona Marília, mas vou pedir que pense bem antes de responder, porque é muito importante... A senhora já viu sua irmã usando uma pulseira igual a essa, que a minha ajudante usa? — Téo apontou para o pulso de Vilma e ela estendeu o braço para que Marília enxergasse melhor.

— Não. Nunca — respondeu de pronto e sem um pingo de dúvida.

— A senhora acha que o Marcos pode ter ligação com o desaparecimento da Margarete? — Vilma sabia que Téo, como detetive, estava aproveitando o momento de fragilidade de Marília para extrair a verdade.

— Acho que sim! O casamento deles tinha destruído a minha irmã, mas ela nunca perdeu a vontade de se ver livre daquele homem... — Ela se calou repentinamente.

Téo mordeu o lábio superior:

— Olha, o corpo não é da sua irmã.

— Tem certeza?

O detetive respirou fundo.

— Absoluta.

— Então, seu Detetive — Marília se levantou da poltrona e mergulhou nos pés dele, as mãos unidas em um pedido —, acha a minha irmã, eu imploro!

Capítulo 38

Faltava pouco para o Sol se apagar no mar. Augusto admirava o céu em seu tom laranja-sanguíneo sentado em uma das três mesinhas do último trailer, antes do Restaurante Âncora, encravado na Pedra do Pontal.

Experimentava uma confusão de sentimentos nada inédita. A satisfação e a saciedade de quem enchera a barriga após uma farta refeição misturava-se com uma espécie de tristeza por não ter mais o que comer.

A cerveja absurdamente gelada desceu congelando sua garganta enquanto ele acariciava o elástico frufru por baixo da mesa. A menina tinha sido uma grata surpresa. Ameaçar matar o Barão para fugir, de início, havia elevado sua raiva. Depois, a audácia funcionara como uma espécie de tempero.

O corpo molenga e macio não respondia à tensão e ao terror explícitos no olhar dela. Era delicioso ter total controle e manipulá-la como uma boneca, abrindo seus braços e afastando suas pernas, apertando e mordendo seu peito, e meter nela… Nossa, ele tinha metido em ambos os buracos sem que ela pudesse impedi-lo. Meteu tanto que seu pau saiu melado de sangue e porra.

A sensação foi de esvaziamento do corpo, como uma bexiga furada, e seus joelhos fraquejaram por segundos.

Uma pena que, depois de três dias, seu interesse tinha acabado feito o de um menino que dispensava o carrinho com a roda quebrada para desejar um novo.

Uma voz infantil lhe tirou de seus pensamentos.

— Só dá pra uma Coca? O dinheiro não dá pro hambúrguer?

— Não — respondeu o rapaz que lhe tinha atendido.

Augusto se virou. Um menino mirrado, de cerca de oito anos, estava de pé em frente ao trailer. O topo da cabeça batia bem abaixo do balcão.

Ele enfiou o elástico no bolso e se levantou.

— Opa, camarada, faz um hambúrguer pra mim. — Encostou na borda do trailer e pediu, fingindo não ter ouvido a conversa.

O menininho arregalou os olhos.

— Também queria... — A voz saiu baixa e relutante, como se falasse mais para si do que para ser ouvido.

— Posso pedir mais um sanduíche e dou o que está na chapa pra você. Quer?

— Ah, não sei...

— Não vai querer?

O cheiro da carne fritando tornava a proposta irrecusável. O menininho balançou a cabeça para cima e para baixo.

— Ótima decisão — e, virando-se para o atendente do trailer, Augusto pediu: — Meu camarada, faz mais um, por favor.

— Obrigado, moço. — O menino olhou para ele, depois abaixou a cabeça, claramente envergonhado.

— De nada... — Ele afagou o cabelo do garoto. De certa forma, aquele menino lhe lembrava a si mesmo. — Sabe, eu só fui comer meu primeiro hambúrguer depois dos dezoito anos, quando ganhei meu primeiro soldo. — Desviou os olhos e mirou o céu alaranjado, permitindo que a lembrança de uma vida que ele tentara enterrar lhe mostrasse que traumas não eram obedientes e se recusavam a permanecer no passado. — Minha família era muito pobre. Meu pai morreu quando eu tinha oito anos e minha mãe... — quase engasgou — não conseguia sustentar a casa com o trabalho que ela escolheu fazer. — Deu uma golada na cerveja, para lavar o gosto amargo das memórias.

O atendente lhe entregou os dois sanduíches e Augusto estendeu os hambúrgueres para o garoto.

— Toma.

— Os dois?

— Aham. — Augusto deu um tapinha nas costas do menino, que retribuiu com as janelinhas escancaradas e saiu andando.

O laranja se transformava em um horizonte escuro. Uma vista de tirar o fôlego. Ele puxou o elástico frufru do bolso e retomou o carinho no enfeite de cabelo. Precisava planejar a próxima caçada.

Capítulo 39

Ao abrir o portão de casa, Vilma espiou a garagem vazia.

Depois de toda a vivência daquele dia estava decidida a fugir. Perdera muito tempo acreditando nos pedidos de desculpas e em mudanças, que ele voltaria a ser o Augusto do início do casamento. Àquela altura, a ilusão havia descido pelo ralo, deixando de sobra só o sebo e a sujeira incrustrados em um azulejo encardido.

Ela queria acreditar que Téo conseguiria forjar sua morte. Augusto precisava crer em uma repentina viuvez, do contrário com certeza a mataria. Ele nunca admitiria ser largado pela esposa.

Subiu para o quarto do casal pulando os degraus da escada. Era difícil abandonar suas roupas, seus sapatos, suas lembranças e selecionar pouca coisa, quase nada, como parte do plano. Tinha que ter cuidado para que ele não percebesse a armação.

Juntou, em uma pequena bolsa, algumas peças. Imaginar-se deixando a sua casa com apenas uma trouxa fez um gosto azedo explodir em sua boca. Mais difícil do que largar um armário cheio para trás era deixar suas fotografias, seus bibelôs, seus diários, o sonho da vida que acabou não tendo, os anos jogados fora.

Abriu a primeira gaveta e retirou, do fundo, sua caixa de memórias. Dentro dela, fotografias de seus pais com a sobrinha e de uma Vilma recém-chegada ao Rio de Janeiro, carregando a inocência e a esperança nos olhos. Não via aqueles retratos há anos. Agora sabia a razão. Evitara constatar a própria infelicidade. O brilho no rosto, o sorriso solto e a risada despreocupada tinham sido antes de conhecê-lo.

Isso aqui vai comigo...

Enfiou as fotos na bolsa e voltou a remexer o conteúdo da caixa. Mais um retrato evocava o passado saudoso. Era seu com Silvana, sua melhor amiga, que lhe recebera e dividira consigo aquela quitinete no Centro do Rio. As duas, na Praça da República, rindo e tomando um sorvete...

Ainda bem que Silvana havia ido embora logo após o início do seu namoro com Augusto e não ficou para testemunhar no que ela se tornara — uma amélia encoleirada, adestrada por rompantes de violência.

Seus olhos arderam e Vilma pressionou as pálpebras, tentando impedir o choro. Mexer em suas lembranças liberou a falta da amiga. Depois que Silvana se fora, nunca mais fez amizades. Sempre que se aproximava de alguém, a pessoa se mudava ou Augusto se metia. Aos olhos dele, ninguém prestava.

Vilma encarou a imagem das duas com carinho, então um frio a escalou pelas costas, como se uma mão invisível esfregasse cubos de gelo em sua pele.

Logo abaixo da mão que segurava o sorvete, os elos ovais envolviam o pulso e o pingente de rosa pendia glorioso. Silvana estava com a mesma pulseira encontrada no corpo desovado. A mesmíssima pulseira que ela, Vilma, ainda usava, e essa verdade lhe acertou com os cinco dedos espalmados. Um tapa estalado, daqueles de deixar marcas avermelhadas na bochecha.

A amiga não tinha voltado porra nenhuma para Cachoeiro de Itapemirim. Apodrecera sozinha em algum terreno baldio ou canal poluído, desses recheados de entulho e enfeitados com pneus, sofás e urubus, onde uma mala seria só mais uma mala velha, descartada como lixo.

Isso foi há oito anos! Meu Deus, como não desconfiei da carta?

Dois dias antes da carta deixada em cima do fogão, Vilma chegara atrasada. Ao fechar a porta sem fazer barulho, encontrou Augusto e

Silvana conversando baixo. Engraçado foi que ela sentiu algo no ar, mas não conseguiu identificar o quê. A amiga, mesmo sentada, não parecia relaxada. O cigarro tremia a cada tragada e seu sorriso estava acompanhado de olhos vermelhos.

"É gripe", foi a resposta à sua pergunta, sobre se havia algo errado. As duas ainda moravam juntas e dividiam o aluguel do apartamento. Sem ter como pagar sozinha e ninguém mais com quem dividir as despesas, a mudança da amiga havia sido um verdadeiro pontapé para que Vilma aceitasse noivar e se casar com Augusto com tanta rapidez.

Ele havia dado sumiço em Silvana e isso dava outra dimensão ao seu problema.

Seus braços tombaram ao lado do corpo e o ar parecia não entrar pelas narinas. Constatar que dormira aquele tempo todo ao lado de um assassino, um homem muito pior do que ela um dia havia suposto, descarregou uma espécie de crise emocional. Vilma desabou na cama e puxou os joelhos para o peito. Permaneceu em posição fetal por cerca de meia hora, digerindo os horrores servidos naquele dia.

E se fugisse? Como seria?

Viveria olhando por cima dos ombros. Com medo.

Nunca mais seria a Vilma das fotos, feliz e despreocupada. Iria se transformar em uma pessoa que se arrasta pela vida, sobrevivendo apenas das migalhas de uma falsa tranquilidade. Uma morta-viva.

De um jeito ou de outro, Augusto teria lhe matado.

Oito anos... Quantas mulheres ele matou em oito anos?

A coisa toda também não se resumia mais a um marido violento, que, de vez em quando, descarregava suas frustrações na esposa. Ela, Vilma, não era mais sua única vítima. Provavelmente existiam dezenas delas. Seria impossível conviver com a própria consciência lhe mandando "colocar mais uma na sua conta" a cada notícia de desaparecimento ou a cada aparição de uma nova mulher morta.

Não.

Vilma se levantou da cama e virou a mochila de cabeça para baixo. As roupas caíram emboladas no colchão.

Prendeu sua fotografia com Silvana na moldura do espelho do quarto, à vista de qualquer um que entrasse pela porta.

Fugir estava fora dos planos. Definitivamente fora.

O revólver, habitante da sua bolsa desde o início daquela tarde, passou para o cós da calça jeans.

Seu objetivo, então, era outro.

CAPÍTULO 40

— "Ne me quitte pas, il faut oublier, tout peut s'oublier, qui s'enfuit déjà, oublier le temps, des malentendus, et le temps perdu…"

A voz era da Maysa, mas a performance, de arrancar lágrimas, era de La Tanya. Fora assistir à amiga implorar "não me deixe, não me deixe" com as bochechas manchadas de rímel e Téo chorou ouvindo uma música pela primeira vez. Se havia uma verdade universal e incontestável era que toda pessoa, pelo menos uma vez na vida, sofria pelo vácuo de outro alguém... se tiver *sorte*…

Tem quem não tenha tanta sorte assim e sofra pelos vazios de mães, pais, filhos ou amores. Téo tinha o seu vazio. La Tanya, alguns mais. Um preenchia — ao menos um pouco — o vazio do outro.

O salão estava às moscas. Segunda-feira à noite, era separado para o ensaio das apresentações. Mesmo que fosse apenas um ensaio, La Tanya entregava-se de corpo e alma, como em tudo o que fazia; e Téo estava tendo o privilégio de aproveitar um show particular.

Cada *ne me quitte pas* era como uma pá escavando o seu peito. A certeza de que terminaria seus dias solitário amargava sua boca e ardia seus olhos. Ao menos as luzes estavam todas direcionadas para o palco.

Assim que a amiga dublou o último verso sussurrado e as notas do piano encerraram a música, Téo secou os olhos com o lenço tirado do bolso e bateu palmas. Com meros sete passos, La Tanya desceu do palco e sentou-se na cadeira ao seu lado. Estalou os dedos e pediu uma Cuba Libre.

— Hoje senti como se tivesse recebido a própria Maysa. Tô toda arrepiada.

— Foi sensacional, minha querida. — Téo colocou a mão sobre o antebraço dela. — Preciso de um favor seu... — soltou, sem rodeios. Esperava que La Tanya entendesse seu pedido, mas não seria fácil atendê-lo. — A Vilma precisa sumir. Caso de vida ou morte.

La Tanya apertou os olhos. Era uma coisa dela, que indicava a mente em ebulição. Ele continuou:

— Sei que talvez seja demais, mas só confio em você. Ela pode passar uns dias contigo?

La Tanya deu um gole dos grandes na bebida recém-chegada e mexeu na cabeleira.

— É claro, baby, você pode sempre contar comigo...

— Mas...

— Mas você precisa seguir em frente, se permitir ser feliz.

— Você tá certa — Téo segurou as mãos dela —, mas só depois que exorcizar alguns demônios.

Uma sombra tomou o rosto de Tanya, como se uma nuvem encobrisse o Sol.

— Não faz assim, vai dar tudo certo... — Téo apertou as mãos da amiga. — Você cuida da Vilma?

— Pode deixar, eu cuido dela... — Tanya deu nova golada na Cuba Libre — mas, meu amor — segurou o queixo de Téo entre os dedos longos e balançou de leve —, que o morto e enterrado seja ele, nessa sua prestação de contas com o passado. Não você!

CAPÍTULO 41

O trabalho de detetive exigia muita paciência — Téo havia perdido a conta de quantas vezes ficara de tocaia, esperando o investigado dar o ar da sua graça em um lugar no qual não deveria ser visto —, mas estava sem um pingo dela naquele momento.

O dia havia sido longo demais e ele ainda precisava buscar Vilma para deixá-la no apartamento de La Tanya. Fazer um desvio, entretanto, tornara-se irresistível diante da revelação do médico legista, de que o corpo na mala não era de Margarete.

Sentado ao volante da sua Brasília laranja, ele observava a casa de muro colorido com losangos feitos de azulejos portugueses, debatendo consigo mesmo se deveria ou não tocar a campainha.

Um táxi surgiu no retrovisor, crescendo na sua direção, até ultrapassá-lo e encostar em frente à casa, varrendo qualquer dúvida para baixo do tapete do carro. A porta da frente se abriu e Marcos saltou, acompanhado de uma loira jovem. Entraram abraçados, o que indicava que ele não tinha nada de viúvo inconsolável. Apesar de não ser uma pessoa impulsiva, Téo odiava ser feito de otário e Marcos lhe tinha feito de otário desde a primeira ida ao seu escritório.

A raiva funcionou como gasolina em uma fogueira. No segundo de uma piscada, Téo atravessou a rua e, sem titubear, tocou a campainha. Quando apontou o dedo para tocar mais uma vez, a porta foi aberta. O sorriso do anfitrião instantaneamente minguou.

— Você mentiu pra mim... — Téo cuspiu.

Marcos olhou por cima do ombro, conferindo o movimento dentro da casa, deu um passo para a frente e fechou a porta atrás de si.

— Aqui não... — Ele levou o dedo à boca e indicou a calçada da rua com a cabeça.

— Cara, tô pouco me fodendo se a sua namorada nova vai escutar. — Téo não arredou o pé. Permaneceu ali, bloqueando a passagem.

— Ela não é minha namorada. É uma prima que veio me visitar. Veio me ajudar com o luto.

— Para com essa palhaçada! — O detetive deu dois passos para a frente, diminuindo o espaço entre eles. — Suas mentiras não colam mais. Já descobri que o corpo na mala não é da Margarete — deu mais um, avançando para cima, fazendo o homem recuar até encostar as costas na madeira da porta —, que o seu reconhecimento da pulseira foi falso e seu casamento foi fruto de um estupro. — Levou as mãos ao colarinho empavonado e apertou. Espremia o canalha, mas sua vontade era ir muito além.

— E você vai fazer o quê? Me matar? — O tom flertava com o deboche. — Não é o seu estilo, né? Vai sujar suas mãos com tripas e sangue dos outros? Correr o risco de pegar um monte de bactérias, alguma doença transmissível pelas gotas de saliva? — Marcos tossiu na cara dele.

Téo o soltou. Seu estômago revirou. Podia sentir as patas invisíveis dos germes sapateando pelo seu rosto.

Com o peito acelerado, cambaleou para trás, parando a uma distância que entendeu ser segura. Sem desviar os olhos do cafajeste, tateou o bolso e, com as pontas dos dedos, alcançou o lenço e a pequena embalagem plástica de álcool — um kit necessário para a sua proteção. Enxarcou o pano e esfregou-o no rosto e nas mãos de um jeito maníaco, até sentir a pele arder feito fogo.

— É, eu me arrisquei ao te contratar para investigar, mas foi uma jogada necessária e, pra ser sincero, bem empolgante, sabe? Vai que você descobrisse, como acabou descobrindo, que o sumiço da Margarete era um caso doméstico. Nada de sequestros mirabolantes. — Ele sorriu um sorriso maléfico. — Só que, além de divertido, eu precisava posar de marido preocupado pra irmã dela, pros nossos vizinhos e colegas de trabalho. Só um marido culpado não ia fazer de tudo pra procurar a esposa. Por um tempo, o casamento foi um ótimo negócio, sem processo e ainda recebi um incentivo financeiro, mas a convivência a dois é uma coisa difícil, né?

— Principalmente se a tua mulher te odeia, porque foi obrigada a se casar com o próprio estuprador. — Téo fervia. Imaginava cada palavra pronunciada como uma navalha atirada para cortar a carne do miserável.

— Só que você não tem provas de nada, só indícios, né, *doutor* Teobaldo? — Marcos encheu a boca ao pronunciar a palavra doutor. — Acho melhor o *doutor* voltar praquele cafofo que chama de escritório e cuidar do rosto. Tá bem inchado e vermelho.

Téo trincou os dentes. O puto tinha razão. Aquela conversa não levaria a lugar nenhum. Sem cadáver, sem provas.

Virou-se e foi em direção ao seu carro, os punhos apertados ao lado do corpo.

— Que merda de detetive é você? — o desgraçado berrou atrás das suas costas, depois gargalhou.

O pior era que o maldito estava certo. Que merda de detetive era ele?

Capítulo 42

Vilma forçou a maçaneta do quartinho.

Naquela manhã, Téo havia mencionado a probabilidade de Augusto guardar troféus de suas vítimas e ela estava disposta a procurá-los.

A porta estava trancada. Nenhuma surpresa nisso. Já esperava que seu marido mantivesse os tesouros dele bem guardados.

Correu para a lateral da construção e empurrou o basculante do banheiro. A pequena janela não cedeu um dedo sequer. Estava lacrada pela pintura. Augusto não era idiota, não repetiria o erro. Com janela e porta trancadas, Vilma precisava decidir se arrebentava o vidro e passava por entre as molduras de madeira, correndo o risco de salpicar as palmas das mãos com os cacos, ou atirava na maçaneta. Quaisquer das soluções deixaria vestígios. Qualquer uma desnudaria as suas intenções.

Ela, porém, já não tinha iniciado um caminho sem volta? Sabia de coisas que tornavam impossível dividir a cama com ele. Se fugir estava riscado dos planos, qual opção sobrava?

Não dá pra enfrentar o Diabo sem visitar o inferno.

Tirou o revólver do cós da calça e usou o cabo para quebrar o vidro do basculante, explodindo-o em estilhaços. Atirar na maçaneta escancararia que tinha uma arma. Teria uma chance maior se Augusto fosse pego de surpresa.

Rastreou o quintal. Procurava por algo que pudesse usar de anteparo para evitar se cortar com os cacos presos na moldura e as roupas penduradas no varal imploraram para serem úteis. Uma blusa estampada com ombreiras serviria perfeitamente.

Enrolou a peça nas mãos, tendo o cuidado de se posicionar sobre os quadrados grossos de espuma, e puxou o corpo para cima, jogando-se pela janela. Caiu rente à parede, protegendo a cabeça para não acabar com o crânio rachado no piso do banheiro. A queda lhe presenteou com uma pancada na lateral do ombro e do tronco, além de vários arranhões. Pequenos cortes nos braços carimbaram os azulejos de vermelho.

Caso sobrevivesse àquele dia, na manhã seguinte, com o corpo frio, mal aguentaria andar.

Ao sair pela porta do banheiro, encontrou um cômodo em formato de L invertido, lotado de quinquilharias. Sem janelas, o lugar era abafado e um cheiro esquisito incomodava seu nariz. Um misto de roupa suada guardada, cerveja derramada e urina humana lhe fez tentar respirar pela boca até que se acostumasse.

Era estranho demais que, morando naquela casa há quatro anos, nunca tivesse tido acesso ao quartinho dele. Era bem verdade que, até o último mês, o interesse e a curiosidade não existiam como naquela altura. Ela simplesmente achava que fosse um lugar de guardados inúteis e ferramentas — tão cultuadas por homens, como se fossem um tipo de atestado de virilidade; mas não era só isso, Vilma se sentia em paz quando Augusto se enfiava ali por horas.

Não cutucar a onça. Esse havia sido o seu objetivo nos últimos anos. Quantos respiros de alívio dera ao vê-lo se enfurnar dentro daquelas paredes, talvez às custas de tanto sofrimento? Se houvesse suspeitado dos pesadelos que tomavam vida ali, teria feito algo antes. Nunca havia escutado um único grito nem visto nada.

Como sou idiota! Foi por esse motivo que ele aceitou que eu trabalhasse.

Passou a mão no rosto, chocada por ter se permitido ser tão facilmente manipulada. Augusto tinha claramente um problema com mulheres que não se contentavam em ser donas de casa. Vivia falando mal e repetindo que cabia ao homem sustentar o lar e controlar as finanças; as esposas, lavar, passar e cozinhar. O fato de ele permitir que ela encarnasse uma exceção à sua regra tinha um motivo... e, agora, um preço. O preço da culpa.

No fundo, a razão de sua mudança drástica havia apitado um alarme, ignorado por livre e espontânea vontade diante da felicidade de, finalmente, poder ter um emprego.

As bochechas afogueadas de Vilma eram resultado da raiva fervilhando em suas veias. A necessidade de localizar os tais troféus, para se redimir com as vítimas e resgatá-las do esquecimento, gritava dentro das paredes do seu coração. Ela não faria mais parte daquilo!

Acendeu a luz e voou para as latas dispostas na estante. Virou cada uma na mesa quadrada de ferro. Pregos, roscas e parafusos bateram no meio do zero prateado desenhado no tampo, parte da palavra "Malt 90", e tilintaram no assoalho de cimento. Em seguida, fitou algumas caixas no canto. Revistas *Playboy* e *Ele e Ela* saltaram caixa afora. Marchou por cima da Sandra Bréa, Suzane Carvalho e Magda Cotrofe, e levantou a tampa de um baú. Lá dentro, jazia um minicofre em aço.

Só pode estar aí...

Vilma tirou o cofre e colocou-o em cima da mesa. Ele podia ser aberto por segredo ou chave. Ela girou o corpo, procurando lugares em que uma chave poderia ser escondida, então outra porta, camuflada por um biombo, reteve a sua atenção.

Encostou o ouvido na chapa de ferro por alguns segundos e não ouviu nada. Podia escutar um alfinete caindo — não por ter audição sensível, mas por ter adestrado os sentidos para ouvir Augusto chegando. Sairia daquele casamento com algumas heranças estranhas; de uma pasta lotada de calendários *Maisena*, colecionados para que ela tivesse um repertório de receitas que pudessem agradá-lo, a traumas e uma audição hipersensível.

Uma mão aberta empurrou a porta enquanto a outra girou a maçaneta e o rangido anunciou sua entrada. Apesar de não ser um quarto grande, ela foi engolida pela atmosfera sombria. O cômodo era acinzentado, quente e pouco iluminado. O Sol do final da tarde espremia pequenos fachos de luz por entre as tábuas que tapavam um buraco no alto da parede.

Sentiu-se feito um inseto preso em uma caixa que recebera buraquinhos de ar para mantê-lo vivo por mais tempo.

Abafado. Escuro. Apertado. Claustrofóbico.

Os poucos passos, inicialmente vacilantes, foram substituídos por passadas rápidas e decididas. Seus olhos, já acostumados com a penumbra, enxergaram um quarto quase vazio. As únicas coisas ali eram um colchão de solteiro, deixado de pé e encostado na outra parede do quarto, e uma mala de viagem ao seu lado. Do sangue fervente às veias congeladas, foi um tombo de segundos. Seu coração disparou e passou a socar o peito.

Não pode ser, mais uma!

Levou a mão à boca. Um gosto azedo e fermentado lhe subiu pela garganta. Foi só o tempo de se escorar na parede e o jato saiu feito uma cachoeira. Pedaços do sanduíche comido no caminho de volta metralharam o piso. Um pulsar dentro da cabeça lhe avisava da aproximação da enxaqueca pós-vômito. Sem tempo a perder, Vilma caminhou de forma trôpega até o pesadelo materializado na forma de uma mala de rodinhas. Ajoelhou-se no chão e fitou o objeto. Era uma mala daquelas comuns, preta, vendida em lojas como *Mesbla* ou *Sears*, com um zíper em todo o seu entorno.

Uma mala, transformada em um caixão.

O nojo lhe abraçou por trás, envolvendo-lhe com seu toque pegajoso e úmido. Segurava seus braços, impedindo-lhe de tocar no tecido grosso, agarrar a alça e puxar o zíper.

A mão de Vilma tremia. Estava a centímetros dela e, ainda assim, havia um abismo entre as duas.

Respirou fundo e prendeu a respiração.

Deitou a mala. Manuseá-la fechada já era difícil; se o conteúdo tombasse aos seus pés, seria perturbador demais. Não precisava que um cadáver acabasse estirado no piso, como um amontoado de roupas sujas, para elevar o nível do horror.

Os dedos epilépticos seguraram o primeiro zíper e puxaram de uma vez só. Sem tempo para pensar e ficando sem ar, puxou o segundo zíper, na direção contrária. Só faltava o tampo, levantado em um rompante, igual a um pedaço de esparadrapo colado na pele e puxado sem pena, arrancando um grito de dor.

Vilma gritou, mas o motivo foi outro.

Barão jazia na mala, o pescocinho em uma posição nada natural.

Ela caiu para trás, batendo com a bunda no piso. Sentiu uma fisgada no cóccix. Ainda com dor, ajoelhou-se e estendeu os braços, querendo tocá-lo, as lágrimas nublando suas vistas.

Não, Barão! Por quê? Por quê?

Ela encenava o próprio filme de terror. Restava saber se seria uma das que chegavam ao final da história ou das que morriam tentando.

Como era possível que tivesse ficado tanto tempo cega para aquele lado dele? Era difícil compreender como alguém tão monstruoso vestia tão facilmente uma máscara de normalidade. Mais ainda, que ela tivesse pensado, todos aqueles anos, que os momentos de agressividade fossem característica comum aos homens e fruto de muito estresse.

— Você estragou tudo… — A voz cortante lhe atingiu pelas costas.

Vilma se levantou com um pulo.

Augusto estava de pé, bloqueando a única porta de saída. Carregava um rolo de fita isolante em uma mão e uma caixa pequena com cabos na outra.

— A gente tinha um casamento perfeito e você estragou tudo mexendo nas minhas coisas. — Ele largou a caixa e os cabos no chão, perto da saída, e continuou avançando. — Queria tanto saber o que acontecia aqui… — A raiva pairava sobre eles feito névoa espessa — se meter em uma parte da minha vida que não te diz respeito… então agora você vai saber.

Vilma engoliu em seco.

— O Barão… por quê? — Lágrimas molharam as suas bochechas e, de forma apressada, ela secou os olhos com as costas da mão.

— Porque ele também estragou tudo. Comeu pedaços de uma coisa que não podia, mesmo de barriga cheia. Nunca deixei faltar comida praquele gato.

— Ele era só um filhote!

Augusto não se deu o trabalho de responder. Fechou as mãos e continuou avançando na sua direção.

Ela havia visto uma pequena fagulha daquele Augusto, mas nada do que passara se aproximava daquele momento. Ouvia os socos do próprio coração aumentando a cada passo dele. Uma pressão no peito, um frio na barriga. Vilma era um mar revolto, prestes a arrebentar nas pedras.

Ela fez o sinal da cruz.

Ele riu.

Então ela puxou o trinta e dois do cós traseiro e apontou para ele.

Augusto ergueu as sobrancelhas e parou.

— Onde você conseguiu essa arma? — A expressão de surpresa estava, aos poucos, sendo substituída por um ar pensativo, como se ele analisasse todas as possibilidades.

— Não dá nem mais um passo, senão eu juro que atiro! — Vilma tentava manter os pulsos firmes, para que Augusto não percebesse a sua leve tremedeira enquanto mirava o cano no peito largo do marido.

Os olhos dele, apesar de mais escuros, tinham um brilho assustador. Augusto desabotoou os três botões de cima da blusa estampada e arregaçou o tecido, deixando o peito cabeludo à mostra.

— Vai atirar? Atira aqui... — Ele afastava o tecido de cetim, mostrando a pele.

Ela acariciava o gatilho, mantendo-o na mira.

— Anda! — Augusto berrou e riu, ao perceber que ela chacoalhara levemente o corpo com o susto. — Você não tem coragem... — Ele deu mais um passo em sua direção.

— Tem certeza? — Ela ergueu o queixo. — Não é só você que tem segredos no nosso casamento... — Ela fitou os olhos estreitos e a boca arreganhada por causa da risada forçada. — Pela Silvana, pelo Barão e por todas as mulheres que foram infelizes ao cruzar o teu caminho!

Quatro estampidos foram ouvidos e o silêncio desabou sobre eles.

CAPÍTULO 43
21 DE JANEIRO DE 1986

Não é fácil assistir a alguém que não lhe conhece falando de você. Vilma precisou encher a boca de água umas dez vezes durante o discurso do promotor e contava os minutos para aquilo acabar.

Doutor Eliomar tinha lhe alertado. Fagundes Telles, o promotor do seu caso, passara recentemente por uma separação conturbada e havia sido ouvido nos elevadores do fórum reclamando da ex-esposa. Possivelmente, tacharia todas as mulheres de interesseiras desleais, cobras peçonhentas que só pensavam em gastar, enquanto os pobres maridos se matavam de trabalhar para sustentar o lar honesto.

A mulher sempre levava a culpa pela desgraça do homem, mesmo que ele a buscasse com os próprios pés. Ciente disso e de que estaria em um tribunal masculino, Vilma tentou se preparar para o seu julgamento. No entanto, a realidade sempre se mostrava pior do que a expectativa. Fagundes Telles arrasou com ela.

De nada servira o depoimento de Téo, sobre o corpo encontrado na mala e as pulseiras idênticas; tampouco seu depoimento, relatando alguns dos episódios de agressão sofridos nos anos de casamento. A primeira pergunta da acusação deu um raio x da linha que seria seguida.

— A senhora fez registro de ocorrência de alguma das agressões que relatou? — Fagundes Telles mantinha um ar incrédulo.

— Não...

Como se fosse fácil entrar em uma delegacia, sentar-se diante de policiais e ouvir piadinhas ou perceber risos disfarçados ao relatar que Augusto a forçara a chupá-lo e que era bruto na cama; ou escutar um "deve ter feito por merecer" de canto de boca, ao contar sobre os empurrões e tapas. Tempos sombrios, quando a credibilidade de uma pessoa é condicionada a uma coisa — ter um saco pendurado entre as pernas.

Era exatamente isso o que Vilma vivenciava no tribunal. Se fosse um homem sentado na cadeira do réu pelos mesmos motivos, não precisaria nem alegar agressão para provar sua legítima defesa; bastaria sustentar um ataque à sua honra. Fora assim com Angela Diniz.

— Esta mulher, que aqui representa o papel de vítima, de coitadinha, deu quatro tiros, senhores jurados, quatro tiros no marido! — Doutor Fagundes andava de um lado ao outro do plenário. — Premeditado e à sangue frio. Depois fugiu. — Ergueu a mão com três dedos levantados, para reforçar a frase. — Levou três dias para se apresentar na delegacia, acompanhada do seu advogado — apontou para o doutor Eliomar —, alegando choque momentâneo após o fato, uma espécie de ataque de nervos.

Na verdade, "o ataque de nervos" não tinha acontecido. Téo surpreendera-lhe enquanto mirava, de pé ao lado de um Augusto abatido no chão, o quarto tiro, bem no meio da testa do desgraçado.

— Eu quero o divórcio, seu filho da puta!

— Não, Vilma, não aperta o gatilho... Passa pra mim o trinta e dois. — Ele estendeu o braço comprido e o punho aceticamente branco da blusa social saiu de dentro do terno cinza. — Não estraga a sua vida. Um tiro na testa é execução e isso vai te deixar sem defesa. — Seus olhos castanhos estavam abertos, como se ele tivesse levado um susto, e sua voz aveludada e tranquila tinha um quê de tensão. — Olha pra mim... Tira o dedo do gatilho e volta o cão com cuidado.

Ela não teria conseguido desengatilhar a arma. Suas mãos estavam úmidas e voltar com o cão sem escorregar exigiria perícia. Qualquer movimento brusco poderia disparar a bala. Foi de Téo, então, a ideia de ela atirar na parede. Foi dele, também, a narrativa de que tinha lhe encontrado feito estátua, ao lado do baleado, com os olhos vazios e uma completa ausência de resposta. Vilma somente teria recobrado a consciência no apartamento de La Tanya, depois que algo lhe descera queimando pela garganta. Uma dose dupla de conhaque havia sido o melhor remédio para trazê-la de volta.

— Quem mira nessa região — o promotor passou as mãos pela barriga e o peito — e dá quatro tiros, não está em legítima defesa... Quer matar, senhores! Atira pra matar, não pra se defender! Não permitam que a cara de anjo e a conversinha de mulher que apanha em casa transformem a ré em vítima.

Doutor Fagundes Telles era baixinho, mas tinha uma voz de barítono, grossa e potente.

— A vítima não é ela, é aquela, sentada ali!

O braço curto foi erguido para indicar, de forma teatral, a quinta cadeira da primeira fileira do tribunal. Um Augusto de barba cheia, com alguns fios grisalhos e bochechas magras, acompanhava a audiência, depois de ter testemunhado que não se lembrava de nada e que Vilma era uma esposa dedicada e maravilhosa. A declaração dele a surpreendera.

— A vítima só sobreviveu por milagre! Um dos tiros pegou seu braço de raspão... — Ele folheou o processo, que repousava em cima da bancada. — Achei! Aqui! — Ergueu o calhamaço e o virou na direção dos jurados. Os sete enxergaram uma página com o desenho de um corpo, em que estavam marcadas, com caneta vermelha, a entrada e a saída das balas. — O segundo tiro entrou no ombro e saiu por trás. O terceiro, acertou essa região aqui, no tórax, mas, por milagre, não pegou nenhum órgão vital; só músculos e veias secundárias... O último acertou a parede.

O promotor circulou pelo plenário e parou de frente para a bancada da defesa e Vilma sentiu um calor percorrer seu rosto.

— Esta mulher tentou matar o marido friamente por ciúmes e agora tenta enganar vossas excelências com histórias fantasiosas. Desde os tempos remotos, existem mulheres traiçoeiras e malignas, capazes de destruir o homem. A história, mitos e lendas nos enchem de exemplos; Eva e Adão, Sansão e Dalila, Medeia e Jasão, Hera e seus ciúmes doentios são apenas alguns. — Um burburinho na plateia se fez ouvir e Fagundes Telles se virou para os espectadores com as mãos erguidas, em um claro sinal de apaziguamento. — Vejam bem, não estou dizendo que são todas as mulheres... Existem as decentes, donas de casa, mulheres recatadas, que compreendem seu papel na configuração familiar e que, tenho certeza, são a maioria aqui. — Olhou para Vilma com desdém. — Com uma pequena exceção...

Vilma desejou que o teto se abrisse e um raio fulminasse aquele homem; ou que ao menos ele se engasgasse com a água e parasse de vomitar asneiras e mentiras sobre ela.

— A ré, no seu interrogatório, falou das pulseiras — continuou o promotor. — Em uma história sem pé nem cabeça, disse que estava em perigo de vida, porque descobriu que a vítima poderia estar envolvida no desaparecimento de outras mulheres. Isso porque elas supostamente usavam a mesma pulseira que ela. — Voltou-se para os jurados. — Ora, senhores, isso prova, no máximo, que a vítima gostava de presentear moças bonitas. Talvez a pretensão de um casinho, vai saber! Quem somos nós pra julgar, não é mesmo?

Pronto. O homem atarracado, que lhe lembrava um filhote de papagaio depenado, entregava, ali, o óbvio — a balança, de fato, tinha dois pesos e duas medidas.

— Ainda, porém, que as pulseiras fossem provas de adultério — Vilma estava por um triz de voar por cima da bancada para fazê-lo calar a boca —, elas provam algo muito mais importante... — Ele se calou por alguns segundos, para trazer um efeito dramático à sua fala. — A motivação do crime, que não tem nada de legítima defesa! Foi tentativa de homicídio qualificado, por motivo de ciúme, podem ter certeza disso... e, por essa razão, peço a sua condenação!

Téo estava mexido. Há anos não se sentava perto de Augusto. Uma fileira atrás dele e duas cadeiras para a direita, encarava, entre uma fala e outra do promotor, as linhas rudes de seu perfil. Como alguém conseguia evocar tantos sentimentos conflitantes? Quando, mais cedo, sentara-se no banco das testemunhas, tinha tentado afastar a nostalgia da paixão juvenil e se concentrar na figura sombria que Augusto se tornara.

Obviamente, não falou do passado. Concentrara-se na investigação do desaparecimento da professora, que levara-lhe ao corpo na mala, à descoberta das pulseiras e ao Tenente Macieira. Teobaldo havia construído uma boa imagem na polícia e aposentara-se sem manchas que lhe impedissem de colocar a cabeça no travesseiro. Doutor Eliomar explorara a sua figura honrosa, preparando o terreno para que ele expusesse toda a podridão de Augusto nos porões da Vila Militar, o que ele fez mirando desafiadoramente os olhos escuros do homem que amava. Mostrar as atrocidades das quais Augusto era capaz talvez fosse a única chance de absolver Vilma.

Ao término da fala do promotor, o juiz concedeu dez minutos de intervalo para os jurados irem ao toilette. Téo resolveu tomar um ar e comprar uma garrafa de água mineral. A exposição da acusação embrulhara seu estômago. Precisaria de um comprimido de Antak para acalmá-lo.

Em vez de usar o bebedouro, aguardava no átrio, ao lado da escada de mármore branco, a aparição de um dos ambulantes que vendiam água e café pelos corredores do fórum, quando foi surpreendido.

— Quer dizer que você me vê como um monstro?

Téo se virou, olhou para ele de frente e o idiota do seu coração deu sinal de vida.

— Às vezes... — Téo respirou fundo — mas, em outra parte do tempo, não sei como — ele olhou em volta, certificando-se de que não havia ninguém por perto —, ainda vejo o Gutão, aquele que amei.

Augusto não respondeu. Mantinha os lábios pressionados em uma fina linha e o olhar faminto, como o da adolescência, quando, em casa, fazia somente uma refeição e Téo surrupiava comida da própria dispensa para forrar o estômago do amigo, constantemente vazio.

— Preciso que você me diga o que pretendia fazer com aquela caixa cheia de cabos que encontrei quase aos seus pés. — Uma sombra percorreu o rosto de Téo. — Ia usar na Vilma?

— Então foi você que esteve lá... — Augusto lhe encarou sem manifestar surpresa, apesar da pergunta. — No meu vaivém, de apagar e recobrar a consciência, ouvi alguém conversando com ela. Você soou desesperado.

— Eu tinha meus motivos... Agora nem sei mais. — Um grupo de pessoas caminhava na direção deles e Téo se aproximou de Augusto. — Você mentiu no seu depoimento. Disse que não se lembrava de nada. Tá meio na cara que está tentando absolver a Vilma. Por quê?

— Ela é minha mulher. Tô disposto a esquecer tudo e reatar o casamento.

Téo esperava qualquer resposta, menos aquela. Na esperança de que houvesse em Augusto algum resquício de bondade ou moral, imaginara que a mentira para inocentá-la teria por motivo compensá-la por todo o sofrimento que lhe havia infligido, não uma obsessão louca por manter o casamento versão margarina a qualquer custo.

— Deixa ela em paz. A Vilma tem o direito de recomeçar a vida sem você. — Deu um passo à frente e mirou dentro daqueles olhos frios.

— Ela vai ter que dizer isso na minha cara. — Augusto ergueu o queixo. Mesmo abatido, ainda transmitia certa ferocidade.

Téo estendeu a mão, mas imediatamente a recolheu.

— Por favor, diz que não foi você... que as pulseiras, os cabos, as malas, tudo tem uma explicação. — Seu peito sangrava, ansiando por uma justificativa. — Ou então que os horrores que te obrigaram a fazer na caserna te destruíram, transformando você nessa outra pessoa. Se foi isso, juro que te ajudo a procurar tratamento.

De novo, o silêncio foi a resposta.

— O que fizeram contigo, Gutão? Você não era assim. — Téo finalmente falou, a tristeza abraçando seus ombros.

A imagem do amigo com quinze anos, de pé ao lado daquele Augusto, fitava-lhe com olhos intensos, ansiosos por um toque... então craquelou bem diante da sua vista. Caquinhos foram se desprendendo do rosto. A ponta do nariz caiu primeiro; depois um pedaço da bochecha, uma parte da boca e o canto da sobrancelha, até que uma súbita cachoeira de cacos deixou apenas o vazio no lugar da memória materializada.

— Nada que eu não tivesse permitido.

Capítulo 44

— Senhores jurados, há mais de uma hora, estou citando diversos episódios de violência que esta mulher — Dr. Eliomar apontou para Vilma e ela suspirou — sofreu nas mãos da vítima. Em plenos anos oitenta, ser casada não deveria mais significar que a esposa é propriedade do marido. Não faz parte dos deveres do casamento virar saco de pancada. Pensem nas mães de vocês, nas filhas e irmãs. É esse o tipo de relação que vocês entendem como aceitável que elas tenham?

Vilma abaixou a cabeça e mirou as mãos, que se contorciam embaixo da mesa. Naquele momento, desejou fervorosamente ser surda. Por mais que doutor Eliomar estivesse expondo o horror da sua relação para o seu próprio bem, a vergonha que sentia era obscena. Tinha sido por esse motivo que não contara aos pais sobre o julgamento. Não queria lhes dar um enorme desgosto. Se estivessem presentes, saberiam dos podres da sua vida e ainda correriam o risco de testemunhar a filha saindo algemada do plenário. *Não*. Ela estava decidida — caso acontecesse o pior, contaria ao doutor Eliomar sobre o dinheiro escondido na lata de café e pediria que ele o fizesse chegar aos seus pais. Era a única forma de não desamparar sua família.

— O jantar está frio, tome um safanão! — Ele fez

o gesto, estapeando o ar. — A roupa foi malpassada? Quem sabe um beliscão resolva. O trabalho foi irritante? Não tem terapia melhor do que descontar em casa...

Vilma esperava que os jurados entendessem o tom sarcástico e provocativo do advogado.

— Senhores, tenham em mente, quando forem dar o veredito, que a vítima foi um dos principais militares em atuação nos porões da Vila Militar. Augusto Macieira sabe como bater sem deixar marcas. Sabe, também, como machucar seriamente uma pessoa. Com um *currículo* desses, como culpar a ré por se defender?

Alguns dias antes, quando tinham se reunido para conversar sobre a tese de defesa, doutor Eliomar lhe avisara que focaria no casamento violento e não no fato de Augusto provavelmente ser um assassino de mulheres. Vilma entendeu o ponto dele. Sem provas mais contundentes da ligação de Augusto com o caso, abordaria o corpo na mala superficialmente, apenas para inserir a dúvida na cabeça dos jurados.

Téo havia, inclusive, viajado até Cachoeiro de Itapemirim atrás de Silvana ou seus parentes. A intenção era provar que ela nunca havia voltado para a cidade e ligá-la à pulseira. Carregara a foto e a mostrara a alguns antigos comerciantes do Centro, mas ninguém havia reconhecido a moça na fotografia — ou quis assumir isso.

O nome que Vilma conhecia, Silvana Souza, também era comum demais. A primeira coisa que perguntaram a Téo foi "Ela é filha de quem?". Aparentemente, estar a par da árvore genealógica de Silvana era garantia maior de resultado do que mostrar seu retrato.

Sem resultado, a ligação entre Augusto e Silvana foi desaconselhada. Doutor Eliomar não queria dar munição para a provável tese da acusação, de tentativa de homicídio por ciúmes.

— Se, para o meu colega Fagundes Telles, dividir o teto com um homem duas vezes o seu tamanho, que, além de ter seus rompantes de violência, é suspeito da morte de outra mulher, não é motivo para agir em legítima defesa, então, meu Deus, o que seria? — O advogado se apoiou na cerca de madeira nobre entalhada que separava a tribuna da plateia.

Apesar da beleza clássica do local, com candelabros, uma pintura renascentista enorme atrás da mesa do juiz, afrescos e paredes revestidas com lambris esculpidos e separados por colunas trabalhadas, a sala não inspirava em Vilma sentimentos bons.

— "Aaah, mas ele não tinha feito nada quando ela atirou" — falou doutor Eliomar, com uma voz fina em tom jocoso, como se estivesse imitando alguém. — Curioso como há sempre vozes para defender os homens... Ora, se vocês percebessem que sofreriam uma injusta agressão, iriam esperar acontecer para só depois se defender? O conceito de legítima defesa é, usando moderadamente dos meios necessários, repelir injusta agressão, atual ou iminente. I-mi-nen-te! Querem que eu defina? Acho que não é necessário, né?

O advogado caminhou com passos curtos, equilibrando a barriga, até a mesinha com a garrafa de água e serviu dois copos. Esvaziou um deles em três goladas e entregou o outro para Vilma.

— Desculpem, a garganta estava seca de tanto falar. Já estou terminando a minha exposição. Não quero entediar ou cansar os senhores ainda mais — dirigia-se aos jurados. — Falta apenas um ponto, demonstrar que a ré usou, sim, meios moderados em legítima defesa. Vilma, por favor, levante-se e venha até aqui...

A plateia alvoroçou-se como se estivesse assistindo a uma cena de filme. O juiz tocou a campainha, fazendo cessar o burburinho.

Vilma se levantou e alisou a saia lápis. Queria passar a melhor impressão para aqueles que detinham o seu destino nas mãos. Caminhou até o advogado de defesa sem saber como. Não sentia os pés e suas pernas bambeavam.

— Obviamente, não vou pedir para que a vítima, que estava aqui, também fique de pé, mas os senhores puderam dar uma boa olhada nele, quando se sentou na cadeira para depor. — Doutor Eliomar se postou ao seu lado. — Bom, não tenho um corpo de galã de televisão — ele passou a mão na barriga volumosa. — Estou longe de ser um Francisco Cuoco ou um Tarcísio Meira e, com um metro e setenta de altura, sou considerado baixinho. Vocês podem ver, senhores, que a ré, em largura, tem quase a metade do meu tamanho, e, em altura, é quase dez centímetros mais baixa. Agora imaginem esta mulher apanhando de um homem com um metro e oitenta e oito, troncudo e de ombros largos. Caso ela não se utilizasse do único meio possível para se defender, talvez estivéssemos julgando o seu homicídio.

Vilma abraçou o próprio corpo e se encolheu.

— Digo "talvez" — o advogado dobrou e levantou repetidamente os dedos indicador e médio, fazendo o gesto das aspas — não por ter dúvidas de que a vítima seria capaz de matá-la, mas, infelizmente, por casos célebres anteriores, julgados neste mesmo tribunal e que resultaram em absolvição.

O promotor amparou as mãos na sua bancada e ergueu o tronco.

— Excelência, questão de ordem! Este julgamento não é da vítima, tampouco do Tribunal, mas da ré, que fez por merecer estar aqui…

Vilma não aguentava mais ouvi-lo lutando para condená-la.

— Excelência — Doutor Eliomar se virou para o juiz —, a defesa está demonstrando que, pelo tamanho e tipo corporal da vítima, a ré utilizou o meio necessário para se proteger e evitar a sua provável morte, e, sim, longe de mim julgar este tribunal, mas é inegável que estas paredes já assistiram a júris que envergonharam os que verdadeiramente buscam a justiça só porque os personagens do processo tinham os gêneros trocados.

O juiz gesticulou, indicando para que o doutor Eliomar prosseguisse.

Vilma tentava aparentar calma na superfície enquanto o seu interior se contorcia em um redemoinho feroz. Nunca havia infartado, no entanto imaginava que as sensações fossem as mesmas que ela experimentava ali. A falta de ar em forma de pontadas, a boca seca e a testa gelada eram avisos de que o julgamento estava sendo demais para si.

— Pode se sentar, Vilma, obrigado. — Eliomar tocou carinhosamente o seu ombro, dando um leve apertão em uma clara mensagem de "aguente firme"; então abriu os braços e se mostrou emocionado: — Senhores jurados, é chegado o momento de mandarmos um recado para a nossa sociedade. Um recado poderoso, necessário! Ninguém é dono de ninguém. Homens não são proprietários de suas mulheres e não podem fazer com elas o que bem entenderem. Se condenarem a ré, os senhores demonstrarão que a justiça, além de cega, é tendenciosa. Apesar de ilustrada na figura de uma mulher, demonstrarão que a sua balança, infelizmente, ainda tende para um dos sexos. Com exceção de três juradas, temos um tribunal essencialmente masculino.

Ele olhou para a tribuna, com o juiz e o promotor, e, em seguida, para o júri. Continuou:

— Homens que, depois de um dia de trabalho ou estudo, voltam aos seus lares e são recebidos com a comida pronta, a casa limpa, a TV ligada. Voltam para um ambiente seguro e aconchegante, proporcionado por suas esposas ou mães, e que, por isso, nunca conseguirão dimensionar o terror que algumas mulheres passam dentro das próprias casas. Encerro a defesa rogando que, aqui e agora, tentem se colocar no lugar desta mulher. — Apontou para Vilma e, instantaneamente, os olhos dela arderam.

Ela não queria chorar, queria sumir; sair correndo porta afora sem olhar para trás. Queria ter sido mais esperta ou ter tido uma mira melhor antes da chegada de Téo. Ao menos todo aquele suplício de horas e horas ouvindo tantas atrocidades sobre si teria valido a pena.

— Senhora Maria Vilma Souto da Cunha, vou iniciar a leitura da sua sentença. — O juiz ergueu os óculos de aros retangulares e, em seguida, examinou a plateia, que cochichava atrás dela. — Peço que não haja qualquer manifestação neste tribunal, do contrário mandarei esvaziar o plenário.

A voz dele chegava ao seu ouvido como a de alguém conversando embaixo d'água. Abafada. Longe. Mascarada pelo cheiro de rua suja — um misto de urina, restos de comida e água parada. Vilma já não estava no tribunal, mas na rodoviária Novo Rio, como há oito anos e meio, abraçada à bolsa, tremendo ao descer os degraus do ônibus vindo da Paraíba por um misto de ansiedade e esperança de dias melhores.

Por um lado, queria poder voltar e fazer novas escolhas, viver outra vida. Por outro, não se arrependia dos passos que tinha dado e do caminho percorrido, de ter se defendido e atirado em Augusto.

Doutor Eliomar a cutucou, catapultando-a dos seus pensamentos. Seu coração esmurrava o peito. Era chegada a hora.

— O conselho de sentença reconheceu, por quatro votos a três, a legítima defesa, em relação à tentativa de homicídio imputada à ré, Maria

Vilma Souto da Cunha, contra a vítima, Augusto Macieira da Cunha. Assim sendo, diante da decisão soberana do tribunal do júri, julgo improcedente a pretensão punitiva estatal e absolvo Maria Vilma Souto da Cunha do crime incurso no artigo 121, combinado com o artigo 14, ambos do Código Penal...

Vilma não escutou mais nada.

O advogado lhe apertou contra o peito e balançou enquanto lhe abraçava. Doutor Eliomar nunca expressara seus temores, tentando mantê-la confiante durante o processo, mas o receio da condenação havia sido uma presença forte durante todo o tempo, como um parente desagradável que resolve fazer uma visita sem avisar.

Quando ele a soltou, Vilma olhou para a plateia e viu Téo. Ele sorria, um sorriso largo e sincero, e batia palmas. Duas fileiras atrás, em diagonal, Augusto também sorria e isso era doentio demais, até mesmo para ele.

CAPÍTULO 45
TRÊS SEMANAS DEPOIS

Téo sentia falta do ar boêmio de Copacabana, com suas ruas cheias e vibrantes mesmo depois das oito da noite. Ainda se acostumava com o jeito desértico da Av. Almirante Barroso após o horário de pico do Centro.

Com a carta de clientes um pouco curta, não tivera outra saída a não ser alugar sua antiga sala na Barata Ribeiro e aceitar a oferta de Eliomar para ocupar uma sala dele, no edifício em frente ao Mayapan. Se, por um lado, só sobravam as moscas e moradores de rua depois de certo horário, por outro, era vizinho de frente do amigo, o que lhe garantia alguns cafezinhos e um bom bate-papo.

Bochechou o enxaguante bucal e cuspiu na pequena pia, meio desanimado. Não tinha nada programado para aquele dia, ninguém para tocaiar; passaria o tempo ao lado do telefone ou esvaziando as últimas caixas usadas na mudança.

Secou o rosto e alcançou a calça de alfaiataria pendurada no cabideiro de pé. Precisava estar vestido antes de Vilma chegar. Desde a sua mudança, ela ia lá todos os dias. Ajudava-o a catalogar seus arquivos e a arrumar a papelada, como forma de agradecimento por tudo que ele havia feito. Não adiantava dizer que não precisava, ela era mais dura do que salto de chacrete.

Téo enfiava a blusa social para dentro da cueca samba-canção — um truque para que ficasse perfeitamente esticada — quando o telefone tocou. Com as calças arriadas nos tornozelos, deu passos rápidos de pinguim até a mesa. Não podia perder nenhum cliente.

— Alô.

— *Doutor Teobaldo?* — A voz lhe era familiar.

— Sim, é ele. Pois não?

— *É o doutor Anísio...*

— Sim, doutor Anísio, o que o senhor manda? — Ele apoiou o fone no ombro, subiu e abotoou as calças.

— *Identifiquei o corpo da mala.*

— Chego aí em vinte minutos.

A notícia deu um colorido diferente para a sua manhã. Téo tinha perdido as esperanças quanto à identificação do corpo. Saber que podia haver uma pista nova lhe levando a Augusto fez com que engolisse os cinco comprimidos pousados no prato do café da manhã de uma só vez e saísse porta afora apenas com um braço do terno vestido, enquanto trocava a sua maleta de mão para vestir o outro.

A sala era no décimo primeiro andar e o elevador parecia uma tartaruga manca. Ele levou dez minutos preciosos até chegar ao hall do prédio e esbarrar com Vilma em frente ao painel em mosaico que tanto admirava — o desenho de uma andorinha voando sobre um mar de prédios e as palavras "Edifício Andorinha"; ao fundo, o pôr do Sol em tons de amarelo e laranja.

— Ué, já vai sair? — Vilma estreitou os olhos amendoados. — Não vamos comer nosso pãozinho de queijo de lei?

Ela carregava um saquinho de papel branco. Com saia e blusa ornadas com um cinto largo e os cabelos rebeldes molhados de gel e presos em um coque, era o perfeito estereótipo de uma secretária eficiente.

— É, não vai dar. Pintou um compromisso, preciso ir. A chave tá embaixo do capacho de boas-vindas. — Téo sentiu uma pontada de desconforto por não lhe dizer aonde ia, mas também não tinha tempo para maiores explicações.

Chegou à calçada abanando o braço na tentativa de pegar um táxi.

Sua Brasília estava estacionada no Menezes Côrtes, a apenas duas quadras dali. No entanto, apesar de fazer o percurso em menos de cinco minutos, conseguir uma boa vaga nas ruas do Centro era como ganhar na loteria. Preferia andar pela região a pé ou de amarelinho.

O táxi estava naquela murrinha do trânsito — coisa natural na área. Andava alguns metros e parava. Andava de novo, tornava a parar e Téo, de olhos fixos no taxímetro, batia os pés no chão do Monza, ansioso para saltar.

Assim que o carro entrou na Avenida Mem de Sá, puxou um lenço do bolso, abriu a maleta estilo 007 e agarrou uma garrafinha de plástico rosa. Destampou a embalagem e derramou um pouco de Leite de Rosas no pano. Percebeu o motorista dando uma olhada de rabo de olho, porém não se sentiu inibido. Ao se aproximar do prédio do Instituto Médico Legal, meteu o lenço no nariz e puxou o ar.

— O cheiro aqui é meio desagradável, né? — O homem tirou o palito de dente dos lábios e segurou entre os dedos. Usava óculos daqueles de lentes verdes, parecidos com fundos de garrafa, e uma blusa estampada com grafismos neons. — Desculpa perguntar, o senhor vai reconhecer algum parente?

— Vou a trabalho... Pode parar aqui mesmo. — Sacou o dinheiro do bolso e entregou junto um de seus cartões. *Vai saber...* Certa vertente do seu ofício tinha o condão de possibilitar o aparecimento de clientes nas mais diversas situações. Um par de chifres não escolhia raça, cor, credo nem classe social e ele não estava em condições de desperdiçar oportunidades.

De volta ao quarto andar e ao cheiro de açougue e cloro, Teobaldo encontrou doutor Anísio na sala dele.

— Consegui identificar a vítima — Anísio deixou metade do sanduíche em um prato, que repousava ao lado de uma pasta recheada de fotos de cadáveres, e alcançou sua agenda. — O nome dela é Teresa Cristina Cunha da Gama.

— Cunha? — Téo achou estranho, mas poderia ser só coincidência, afinal não era um sobrenome incomum. — Como você chegou a essa pessoa?

— A mala utilizada para colocar o corpo não tinha nenhuma etiqueta interna de identificação, então a única opção era confrontar as impressões digitais registradas no Félix Pacheco com as dos casos de desaparecimento comunicados. Por isso a demora. Eles têm milhões de registros gerais e aqui também não é um lugar sossegado. Eu fiz a pesquisa nas horas vagas, entre as necropsias. — Ele suspirou, provavelmente pensando no trabalho que tivera. — Quando um corpo fica submerso por dias, incha e sofre o fenômeno da maceração. A pele descola totalmente. Com isso, conseguimos puxá-la das mãos, como alguém que simplesmente retira uma luva. — Ele ergueu as bochechas murchas, animado. — As dez impressões digitais saíram perfeitas... Seria um pecado não usar.

À mente de Téo, veio a lembrança de sua avó mineira retirando a pele das linguiças para o seu famoso mexidinho e, logo em seguida, a imagem de dez dedos inchados, fatiados com cebola e couve. Nunca mais encararia uma linguiça da mesma forma.

— Tem o endereço dela?

— Vou passar, mas, se perguntarem, você não chegou lá por mim.

— Fechado.

Téo não precisou parar em frente à casa para reconhecer o endereço. Assim que o doutor Anísio lhe passou o nome da rua, um alarme interno foi ativado. Ele só buscava a confirmação.

A casa continuava simples, mas havia passado por reformas. Agora possuía uma mureta e um portão pequeno de ferro. O branco encardido das paredes, contudo, indicava que o imóvel clamava por manutenção e que o dinheiro, ali, ainda era curto.

Na falta de uma campainha, ele bateu palmas.

— Ô de casa! Ô de casa!

Um rádio longínquo, sintonizado na Super Rádio Tupi, apresentava o programa da Cidinha Campos e um cachorro magricelo atendeu ao chamado, latindo em resposta. A porta foi aberta de forma tímida — ou seria desconfiada? — e uma mulher lhe analisou da varandinha.

— Se o senhor for vendedor, já aviso logo que não tenho dinheiro... e, se for de igreja, não tô interessada.

— Nem uma coisa, nem outra, fica tranquila. Sou morador antigo do bairro. Aqui era a casa da dona Bernadete...

— Sim, minha mãe... — A mulher olhou para ele de um jeito desconfiado.

— Você é a Judite?

— Sou. — Ela levou a mão ao peito e escancarou os olhos. — Quem é você?

— Meu nome é Teobaldo. Sou detetive particular, mas, naquela época, era um amigo do seu irmão. Posso entrar, pra gente conversar?

Judite balançou a cabeça afirmativamente, mas cruzou os braços e não sorriu. Téo empurrou o portão e deu passos curtos pelo caminho de cimento áspero.

— O senhor quer se sentar? — Ela apontou um sofá velho de tecido grosso assim que entraram na sala e foi abrir as cortinas, para clarear o cômodo. Téo sentiu seu corpo todo coçar só de se imaginar sentado ali.

— Não, não, tô bem de pé... — O cômodo cheirava a cachorro molhado. No canto, uma meia estante de tijolo e madeira transbordava de revistas velhas empoeiradas e gritava "perigo biológico!". Na pequena mesa de quatro lugares, um vaso comprido e recheado de flores de plástico nas cores laranja e amarela era o objeto que mais combinava com a dona da casa.

Judite se jogou no sofá e acendeu um cigarro. A calça de lycra rosa--choque contrastava com o assento vermelho desbotado. Ela apertou o cigarro entre os lábios e levou as mãos ao topo da cabeça, para ajeitar a enorme flor de plástico que prendia seus cabelos pretos. Lembrava a Gretchen, na capa do disco "Melô do Xique-Xique".

— Eu te conheci pequenininha, acho que com uns sete, oito anos... Pelo visto, você não se lembra de mim.

— É, não lembro... Por que você tá aqui? — Foi direta. — Desculpa a franqueza, mas é que preciso fazer o almoço. Meu filho chega da escola meio-dia.

— É seu único filho? — Téo espiou em volta, procurando um porta-retratos.

— Pode não parecer, mas tenho uma filha também, de dezoito.

Engravidei cedo... — Ela debruçou o tronco sobre os joelhos e esmagou a guimba no cinzeiro. — Ela tava naquela fase difícil, se achando a adulta independente e fugiu de casa no ano passado. Tudo por causa de um namorico com um cara mais velho, que eu proibi. Não queria que a história se repetisse. — Judite mirou o chão. Parecia buscar as memórias. — Não é fácil ser mãe nova... — Voltou a encará-lo. — Bom, ela não entendeu as minhas preocupações. Saiu de manhã, pra ir à escola, e nunca chegou lá. Quando te vi na calçada, com esse jeito de olhar de lado, meio que me avaliando e prestando atenção em tudo, achei que fosse a polícia de novo, pra desdizer o que vieram me contar quatro dias atrás.

— A polícia esteve aqui?

— Sim! — A voz saiu alta. — Vieram dizer que tinham achado um corpo numa mala e que era da minha filha... Eu me nego a acreditar. — Lágrimas rolaram pelas suas bochechas. — Diz pra mim, eles se enganaram, né? É isso que o senhor veio contar? — A mulher se levantou e parou a um palmo de distância dele. Estalava cada um dos dedos e o encarava em expectativa.

Téo teria que lhe dizer que não havia engano algum e provavelmente Teresa fora morta pelo próprio tio. Achou melhor falar tudo de uma vez, como se derramasse um vidro de Merthiolate na ferida aberta.

Judite arremessou o cinzeiro de resina na parede e desabou no piso, soluçando. Sem saber como consolá-la, ele preferiu se calar.

— Vo-você disse que foi o Augusto? — passados longos minutos, a mulher finalmente se sentou no sofá e perguntou, entre soluços. — Tem certeza? Isso os outros policiais não falaram. Só disseram que ainda estavam investigando.

— Tenho certeza disso...

Judite esfregou a costa da mão no ranho que escorria do nariz e limpou os olhos com a barra da camiseta.

— Ele tinha que me machucar mais uma vez, né? — Deu um sorriso triste. — Ele sempre me odiou. Não sei o motivo, ele nunca disse, mas o Guto sempre me machucava, beliscava, dava uns cascudos, comia a minha parte da comida... Pra minha mãe, eu era uma criança doente e assustada. Isso só acabou quando ela morreu e eu fui morar com uma prima dela.

Téo não tinha ideia daquilo. Havia visto um lado de Augusto revoltado e agressivo, mas legara isso às implicâncias e xingamentos na escola, e à constante fome. No entanto já não tinha tanta certeza. Mais do que nunca, sentia como se houvesse dois Augustos, distintos, porém inexoravelmente ligados, como uma alma rachada ao meio; um lado bom e outro mau; um lado oprimido e outro opressor. Ainda assim, era muito difícil aceitar que ele soubesse que Teresa era sua sobrinha e a tivesse escolhido de propósito.

— Sua prima interferiu, pra que ele parasse?

— Não... Na verdade, só eu fui morar com ela. Daí, nunca mais vi ele.

— Você tinha quantos anos?

— Ia fazer doze... — As unhas compridas, tingidas com um roxo chamativo, faziam *clec-clec* no plástico do isqueiro.

Guto era seis anos mais velho.

— Eu não sabia que a dona Bernadete tinha ficado doente...

— Pra te falar a verdade, não sei se tava mesmo... Tá certo que adulto não conta tudo pra criança, mas, nas minhas lembranças, mamãe andava normal, fazendo tudo como sempre tinha feito. Nem um espirro ou uma tosse. Só foi dormir e não acordou mais.

O difícil, ao viajar ao passado, é o fato de, uma vez lá, constatar como nossas memórias podem ter sido idealizadas; encarar um lado das pessoas ou das situações que o nosso cérebro fez questão de apagar, graças à escrotidão delas; é voltar do passeio com um gosto amargo na boca e a certeza de ter amado alguém que nunca existiu ou de quem só conhecemos um fragmento palatável.

Naquela noite, ao chegar ao escritório, Téo ligou para o 102 e passou um telegrama. Assinou como Vilma.

CAPÍTULO 46
16 DE FEVEREIRO DE 1986

Vilma sabia que algo vinha incomodando Téo desde a última terça-feira, quando eles se esbarraram no átrio do prédio enquanto ela aguardava o elevador e ele saía apressado, alegando um compromisso misterioso. Desde então, todas as vezes em que estiveram juntos e ela tentou levar a conversa para esse assunto, ele desconversou.

Ok, eram amigos há mais ou menos um ano — *Na verdade, um ano intenso, válido por dez* —, porém era de se esperar que tivessem seus assuntos particulares, ainda não compartilhados com o outro. Talvez o fato de que seus assuntos particulares fossem quase inexistentes desde a exposição da sua vida em minúcias no julgamento, havendo quase nada que Téo não soubesse, estivesse lhe perturbando mais do que deveria. No fundo, ela não achava justo que ele ainda lhe escondesse coisas.

Aquela pulguinha atrás da orelha estava mais saltitante naquele domingo à noite, possivelmente porque La Tanya estava em casa, vitimada de uma forte gripe. Poderia tentar tirar algo dela. Moravam juntas desde os tiros e tinham se tornado grandes amigas.

Os tiros...

Téo garantira, durante aquele ano, que Augusto não havia matado outra mulher. Tinham sido cinco meses de internação, a maior parte desse período usando respirador. Ele havia desenvolvido coágulos no pulmão. Ao ser liberado, precisou de um enfermeiro até que voltasse a andar. Havia perdido vinte quilos e levou outros cinco meses para evoluir da cadeira de rodas à muleta. De fato, Vilma percebera certo abatimento nele em sua audiência. Estava fisicamente mudado, mas ela duvidava de uma mudança mais profunda.

Téo lhe havia prometido — assim que Augusto indicasse o seu retorno, eles agiriam juntos e o pegariam. Esse também era um dos motivos pelos quais o silêncio dele gritava em sua mente.

A canja estava pronta. Vilma preparara a sopa com carinho para a amiga. Arrumou uma bandeja com o prato fundo fumegante, um copo de água e duas aspirinas, e deixou um rastro de cheiro de avó pelo apartamento.

La Tanya estava esparramada em sua cama de casal com cabeceira de metal dourado. Ao seu lado, uma caixa de *Kleenex* vomitava mais um lenço de papel, que, em breve, faria companhia aos demais, amontoados em uma mixórdia de celulose amassada e catarro. O nariz inchado de tanto assoar e os olhos de peixe morto indicavam que o vírus tinha conseguido derrubá-la.

— E aí, está melhor? — perguntou, na esperança de ouvir um *sim* que desmentisse a sua aparência. Vilma nunca havia visto La Tanya desmontada. Sempre disposta, aparecia no café da manhã maquiada.

Os olhos nus a encararam jururus.

— Melhorando... Acho que a febre baixou. — Apoiou os braços compridos e ergueu o corpo na direção da cabeceira.

Vilma deixou a bandeja na mesinha e ajeitou os travesseiros com fronha de pele de onça. Depois se sentou na beirada da cama, com o prato apoiado em uma das mãos e uma colher na outra.

— Téo anda estranho... Ele tá me evitando — soltou, de supetão, a colher no meio do caminho até os lábios rachados da doente. — Você sabe de alguma coisa?

— Não é nada contigo. Ele, de vez em quando, passa por umas fases melancólicas. Coisa de amor não-correspondido... Ah, você não entenderia. — Tanya abriu a boca para receber a colherada.

Vilma insistiu, mesmo com a abertura de boca prematura. Talvez La Tanya fosse fiel aos segredos do melhor amigo ou só estivesse com fome.

— Não sabia que o Téo sofria por amor. Ele nunca falou sobre isso ou se gostava de alguma mulher.

Ao pronunciar a última sílaba, uma ideia louca se apossou de si sem lhe dar tempo para rechaçá-la, como um raio fulminando uma árvore em milésimos de um segundo.

Será que ele tinha misturado as coisas e entendido a relação deles de forma errada? Seria essa a razão para ele evitá-la nos últimos dias?

— Olha só, chuchu... só vou dizer uma coisa, o resto você tem que perguntar direto pra ele. — La Tanya passou as mãos na cabeça pelada. Suas perucas aguardavam pacientemente o momento de ela pular da cama com a saúde renovada. — Téo só amou de verdade uma vez. Um amor impossível, que traz consigo a maldição da solidão.

As palavras da diva abatida tiveram o condão de aumentar a sua curiosidade.

Vilma estava decidida a confrontar Téo no dia seguinte. Queria saber de qualquer jeito a razão do banho de gelo que recebera naquela semana. Qualquer que fosse o motivo, ele lhe devia explicações.

CAPÍTULO 47
17 DE FEVEREIRO DE 1986

Antes de ir para o Andorinha, Vilma passou no escritório do doutor Eliomar. Ele estava envolvido com novos processos e isso fazia seus olhos brilharem. O trabalho alimentava a sua alma como os joelhos e coxinhas forravam o seu estômago e garantiam um sorriso largo em seu rosto.

— Vilma, você não vai acreditar! Peguei um caso em Sampa! — As bochechas quase tocavam as pálpebras. — Vou ter que viver na ponte aérea durante alguns meses…

— E eu, doutor? — Vilma precisava do salário para ajudar com as despesas de La Tanya e os pais.

— Você vai segurar as pontas pra mim aqui. Não achou que eu fosse te perder, né? — O patrão alcançou a lata de café e Vilma correu para tirá-la das mãos dele. O dinheiro dos brincos ainda estava escondido lá. Talvez porque a ligasse a Augusto e pensar em qualquer coisa que a conectasse a ele causasse nela ojeriza. Era mais fácil deixar o maldito tesouro soterrado por quilos e quilos de pó de café. À medida que o conteúdo da lata ia descendo, Vilma repunha, mantendo as notas longe das vistas.

— Pode deixar, eu passo o café!

O advogado cedeu. Encostou o quadril na bancada da cozinha, deixando para Vilma um espaço apertado para equilibrar o filtro na garrafa térmica sem acotovelá-lo.

— Você me ajuda a organizar minha agenda e os andamentos dos processos? Quero viajar na quinta com tudo acertado.

— Claro. Vou adiantar as coisas aqui e dou uma passada no doutor Teobaldo, na hora do almoço.

Apesar da ansiedade para descobrir o que Téo lhe escondia, doutor Eliomar era um amigo e contava com ela; e, quando ela precisou contar com ele para não ser presa em flagrante, ele estava lá.

Apressada, Vilma engoliu o prato-feito e atravessou a Rua Graça Aranha em direção ao Edifício Andorinha. No horário do almoço, os dois elevadores viviam lotados. Era um entre e sai danado, com centenas de pessoas voltando para as suas salas de bucho cheio.

A caixa metálica subiu os onze andares guinchando feito um camundongo pego em uma ratoeira. O engraçado era que ela se sentia exatamente assim, espremida e presa em uma armadilha sufocante. Saltou aliviada ao finalmente parar no seu andar. Téo lhe havia deixado uma chave sobressalente, então abriu a porta na expectativa, mas o escritório estava vazio.

Ah, mas eu só saio daqui com respostas...

Agarrou a revista Manchete, largada em cima da mesinha de canto, e se sentou no sofá. Na capa, Roberto, Erasmo e Wanderléa, o Cometa Halley e as previsões para 1986. Apesar de se considerar crédula, Vilma era meio pé no chão para essas coisas. "Um país latino-americano ganhará a Copa de 86." *Que besteira...* "Um grande desastre, como nunca visto, abalará o mundo." *Todo ano tem desastre...* Folheava impacientemente a revista, tentando se distrair, até duas batidas na porta lhe interromperem.

Será que ele esqueceu a chave?

— Finalmente! Hoje você não escapa, senhor Téo... — Jogou a revista no sofá e se levantou. Com passos rápidos, já estava girando a maçaneta. — Vai me con... — Escancarou a porta e sua voz sumiu.

Espalmou as mãos na madeira, empurrando o máximo que conseguia, porém Augusto era muito mais forte. Ele deu um chute e o impacto a fez cair de bunda no chão.

Vilma pulou e correu para o cubículo da cozinha, com ele logo atrás. Suas mãos frenéticas procuravam, dentro do gabinete de duas portas, os talheres. Estava atrás das facas, mas só achou uma das pequenas, serrilhadas, de cortar bifes.

Porra, Téo!

Quando se virou, ele estava a um metro de si.

— Não chega perto! Juro que mato você dessa vez! — Vilma golpeou o ar enquanto Augusto desviava das estocadas. — Você não vai me pegar... — Ela agarrou um prato e atirou na direção dele.

A louça acertou o antebraço de Augusto, ricocheteou e se espatifou no chão.

— Para com essa merda! Assim você vai me obrigar a te machucar... — As pupilas negras de Augusto faiscavam. Ele lembrava uma fera prestes a dar o bote.

Vilma atirou outro prato e, ao mover os olhos por milésimos de segundo procurando por qualquer coisa que pudesse usar para se defender, não viu o soco que estourou seu nariz e lhe fez tombar no piso.

Vilma voltou a si feito alguém que quase se afoga e consegue romper a barreira da água, aspirando desesperadamente o ar. O gosto salgado do sangue que escorria pelas narinas dominava a sua boca e respirar ardia tanto que ela teve vontade de mergulhar o rosto embaixo da torneira.

Augusto estava de pé lhe encarando. A faca, desaparecida.

— Você, sempre tirando a minha paciência, não é? Porra, cê não aprende! É você que me obrig... — Ele encolheu o corpo como uma concha com a pedalada dela no ar, que acertou seu saco em cheio com a sola do sapato.

Vilma aproveitou que ele estava caído de joelhos dobrados, administrando a dor do chute, e saiu cozinha afora, tateando as paredes. Chegou ao corredor ainda atordoada. Não dava para simplesmente aguardar o elevador chegar. Sua única chance era a escada.

Desceu o primeiro lance, trôpega. Marcava a pintura creme com digitais vermelhas ao se escorar para não cair. Tudo ardia. Cabeça, olhos, nariz, garganta e até a pele. Seu nariz provavelmente estava quebrado.

Quando alcançou o décimo andar, um bafo quente, como se estivesse prestes a entrar em um forno ligado, atingiu seu corpo e gritos chegaram confusos aos seus ouvidos. Na metade do lance para o nono andar, o calor beirou o insuportável e a fumaça e o cheiro de queimado lhe fez compreender o que estava acontecendo.

— Fogo! — alguém gritou. — O prédio tá pegando fogo!

A nuvem de fumaça envolveu Vilma, fazendo o seu rosto arder, e lhe sufocou como se uma mão apertasse a sua garganta. Não dava para descer por ali. Subiu tão rápido que sentiu pontadas no abdome e ofegava quando atingiu o segundo lance entre o décimo e décimo primeiro andar. Augusto era uma muralha no alto da escada.

— Me... me deixa passar... anda... O prédio... tá pegando fogo. — Ela arfava.

Eles estavam a apenas oito degraus de distância, mas Augusto parecia não lhe ouvir, apesar da sua voz estridente e das últimas duas palavras cuspidas na forma de um grito. O rosto duro indicava que ele gravitava dentro de uma bolha de raiva.

— Não tô blefando, Augusto! É verdade!

O desgraçado continuava impassível. O calor, cada vez mais intenso, lambia as suas costas. O fogo não tardaria a alcançar o décimo primeiro.

Vilma escutou o som de vidro estilhaçando em algum corredor abaixo. Era um aviso da aproximação. Respirou fundo e tentou modular o tom da voz. Só de pensar nas palavras seguintes, teve vontade de regurgitar.

— Me deixa passar, amor, e voltamos juntos pra casa. A gente precisa subir mais dois andares pra sair no terraço do prédio. Juro que volto contigo... — Tremeu os lábios, fazendo força para sorrir.

Ele se postou de lado, mostrando que lhe daria passagem. Ela não tinha outra saída. Precisaria confiar naquele homem que demonstrava uma ânsia voraz de tê-la em suas mãos. Era ele ou o fogo.

Pé ante pé, subiu cada degrau encarando a ausência do sorriso e a expressão faminta de Augusto. Parou no último e olhou para cima. Como podia ter se enganado por tanto tempo? Aceitado as desculpas e manipulações? Ficado cega para a realidade da pessoa que ele era?

Naquele momento, só conseguia enxergar toda a feiura e monstruosidade antes camufladas pelo porte atlético, a barba rente e os olhos esguios e sedutores.

Ela cravou um pé no décimo primeiro andar e trouxe a perna de trás em um movimento largo para ultrapassar a *montanha* à sua direita. O coração, em contagem regressiva, parecia a ponto de explodir. A pele repuxava onde o sangue escorrido endurecera e a boca estava seca. Seguiria adiante, focando o final do corredor feito alguém que, observado por um cão bravo, escolhia desviar a atenção, na tentativa de não provocar o animal e passar desapercebido.

Quando finalmente lhe dava as costas, um agarrão em seu cabelo volumoso a fez cambalear para trás. Sentiu dedos rígidos enterrados em seu couro cabeludo, conduzindo-lhe como uma marionete.

Foi tudo muito rápido. Em milésimos de segundo, Vilma beijou a quina da parede como um motorista bêbado beijando o poste e o teto preto veio.

Se tinha uma coisa de que Téo não abria mão era um bom banho. Especialmente se estivesse com a pele colando graças ao bafo infernal do mês de fevereiro.

O problema era que a sala cedida por Eliomar não tinha chuveiro. Desde que se mudara, precisava improvisar — fizera amizade com o zelador do prédio e usava uma sala vazia no mesmo andar, que tinha três anexos, ocupando quase a metade do piso, e um banheiro completo.

Assim que desligou o chuveiro, percebeu que havia algo errado. O som de algum tipo de agitação atravessava a porta do banheiro, alertando-lhe para que se vestisse logo. O barulho alto de sirenes foi a confirmação; alguma coisa fora do normal estava acontecendo.

Seu alarme mental soou alto. Téo passou a toalha rapidamente pelos pés e pernas, e vestiu a calça e os sapatos. Enfiou a camisa branca com o peito úmido e saiu com o cabelo pingando.

Ao chegar ao corredor, um teto de fumaça escura apertou sua garganta e ardeu seus olhos. O cheiro era uma mistura de mato queimado e carne tostada.

Passou em frente à sua sala, que, escancarada, avisava da sua violação, mas não havia tempo para salvar nada nem ver se tinha sumido alguma coisa. O prédio estava pegando fogo.

Sem poder usar o elevador, correu para as escadas. Seu primeiro instinto foi descer os onze andares e tentar sair do edifício.

A cada passo para baixo, a cortina de fumaça ficava mais espessa e respirar parecia impossível. No décimo andar, Téo amarrou a toalha úmida na cabeça e tentou prosseguir, sem sucesso; uma parede de quase um metro de fogo lhe impedia de ultrapassar o segundo lance de acesso ao nono. Do outro lado, um homem com as roupas chamuscadas tentava abrir as portas do elevador.

— Não faz isso!

O homem não lhe ouviu e continuou fazendo força, com as mãos cravadas no pequeno vão da junção das portas.

— Moço, para com isso! Me escuta! O elevador não funciona, você vai cair no poço...

O homem virou a cabeça na sua direção e Téo viu seus cabelos tostados em uma maçaroca. Um amarfanhado de pele na linha do queixo deixava, na metade do rosto, um rastro de carne e gordura amarelada; um dos olhos, na altura da bochecha.

O detetive se desequilibrou com o susto e, ao se amparar na parede, viu o sujeito conseguir abrir o elevador e se jogar no vão, buscando a própria morte.

Ele se agachou. Precisava respirar e evitar que o pânico lhe congelasse. Ouvia sirenes e o barulho de helicópteros. A saída era subir. Iria para a cobertura. Talvez fosse a sua única chance de escapar.

***

Vilma pensou ter erguido as pálpebras, no entanto tudo continuava escuro. Por um breve momento, coisa de nem um minuto, pensou que estivesse na cama, acordando depois de uma noite agitada por pesadelos. Tocou a região dos olhos, para ter certeza de que estavam abertos, e, apesar de inchados, sim, eles estavam.

Ah, meu Deus! Meu Deus! Não tô enxergando nada! O que tá acontecendo?

Um vento quente, feito ventilador ligado em dia de trinta e nove graus, passou pelo seu rosto enquanto um barulho ensurdecedor de motor se aproximava. Ao fundo, gritos e sirenes se mesclavam em uma sinfonia assustadora. O cheiro de fumaça agarrado em suas roupas e cabelos lhe trouxe de volta ao Andorinha. O vento ainda soprava aquela nuvem densa e mortífera na sua direção, mas Vilma, ao menos, conseguia respirar melhor ali. Concluiu que, depois de ter a cabeça esmagada na parede por Augusto, provavelmente desmaiara e foi carregada para o terraço.

Sentada, o piso, fervendo sob o sol da tarde, queimava suas coxas mesmo através dos grossos jeans. Seu nariz dolorido pulsava e, a cada segundo, percebia a pele de seu rosto repuxando. Encostada em uma espécie de meio muro, imaginou que pudesse estar em uma das casas de bomba. Havia estado ali uma vez, na companhia de Téo, então tinha uma vaga noção do lugar.

Os passos rápidos do ex-marido lhe cercavam. Ora vinham pelo lado direito, ora pelo esquerdo. Ele andava em círculos, como se buscasse uma saída. Nem em seus momentos mais sombrios se passou pela cabeça de Vilma que terminariam assim… juntos no inferno.

Quando Téo vira o Sol naquela manhã e conferira a temperatura em um pequeno termômetro emoldurado, pendurado próximo à sua mesa, xingara o verão. *Porra de estação que só serve pra modismos e pros desocupados!* Porém nada lhe havia preparado para o que passaria algumas horas adiante — ficar preso em um incêndio terrível, sabendo que não era o único e que dezenas de pessoas provavelmente morreriam.

A porta do terraço ficava no décimo terceiro andar e o metal da maçaneta estava em brasa. O Edifício Andorinha fervia tragicamente em uma febre mortal.

Téo enrolou a toalha na mão e segurou a maçaneta. A porta abriu e uma claridade ofuscante lhe cegou momentaneamente. Logo que sua visão se acostumou, atravessou o umbral e saiu para a cobertura.

Apesar de ser um local aberto, uma nuvem gigantesca de fumaça preta formava uma parede até se dissipar com o vento provocado pelas hélices dos helicópteros que sobrevoavam a área. A porta de acesso à cobertura ficava na direção norte, de frente para a Av. Almirante Barroso, no entanto o terraço se estendia na direção sul, acompanhando a extensão da construção na Graça Aranha. O edifício vizinho ficava para aquele lado.

Téo contornou o acesso com a ideia de tentar ultrapassar o vão entre os edifícios e ir para a cobertura do prédio vizinho. Como bom carioca, criado no caldeirão efervescente do subúrbio, acreditava que "existiam mais mistérios entre o céu e a Terra do que supõe a vã filosofia dos homens". Crescera correndo atrás de doces no dia de Cosme e Damião, pulando ondas e oferecendo presentes para Iemanjá, indo à missa aos domingos, fazendo a brincadeira do copo e, até certa idade, conversando com seu anjo da guarda; por isso, sentia que algo ou alguém sussurrava a ideia em seu ouvido e lhe empurrava naquela direção.

Foi então que viu Vilma encostada na casa de bombas, com o rosto grotescamente distendido e molhado de sangue. Os olhos dela pareciam ter sido alvos de um enxame de abelhas de tão inchados, o que mantinha suas pálpebras semicerradas. Ela não devia estar enxergando quase nada e claramente seus ferimentos não tinham sido causados pelo fogo.

— Vil... — Téo correu na direção dela, mas estancou ao avistar Augusto saindo de trás da casinha da bomba.

Então, era isso...

Se tinha uma coisa que Téo não suportava era agressão de mulheres e nenhum passado, por mais triste ou fodido que fosse, justificava aquilo.

— Deixa ela em paz, Augusto! Você precisa parar! — gritou, puto da vida. Tateou as costas, procurando sua arma no cós da calça; aí se lembrou de que a tinha deixado na sala.

— Não se mete, caralho! Isso aqui é coisa de marido e mulher.

— Augusto andou na sua direção e parou entre Vilma e ele. — Ninguém te chamou aqui, Fininho.

— Eu te chamei — olhando fundo naqueles olhos negros, Téo ergueu o queixo e abriu os braços, chamando-o para a porrada — e...

— Eu não sou mais tua mulher! — Vilma o interrompeu. Ela se escorou na lateral da casa de bomba e fez força para se levantar. Mesmo sem enxergar quase nada, enfrentava o monstro diante de si.

Augusto se virou na direção dela, dando as costas para Téo.

— Como é? Quer ser puta? Porque é isso que acontece com mulher que larga o marido, vira uma puta nojenta! Vai enfiar um monte de homem debaixo do meu teto...

Téo não conseguiu escutar o resto. O barulho do helicóptero se aproximando soterrou as demais palavras de ódio. Os gestos dele, no entanto, falavam por si. Augusto fechou os punhos ao lado do corpo e Téo pôde ver, como quando eles eram novos e Gutão tinha raiva, muita raiva, ele apertando os dedos grossos a ponto de suas articulações ficarem pálidas, parecendo dentes enfileirados.

O vento das hélices chicoteava os cabelos volumosos no rosto dela. A aeronave desistiu de tentar se aproximar e subiu novamente.

— Se isso me fizer ficar livre de você, sim! O corpo é meu! Chega de deixar você fazer o que quiser com ele.

— E onde fica o "na alegria e na tristeza, na saúde e na doença", hein? — Augusto deu o primeiro passo na direção de Vilma, seus braços tensos e ligeiramente arqueados, preparados para golpear; os dentes preparados para morder.

Assistindo àquela cena, Téo sabia como ela iria acabar. Fez um raio x do lugar, procurando algo que pudesse usar para acertá-lo por trás. Foi então que entendeu tudo... A merda de um incêndio havia juntado os três ali.

Mirou o azul do céu num ponto em que a fumaça não o manchava. Respirou fundo e fechou os olhos por um instante. Um filme passava na sua cabeça e o final caberia a si.

Apertou as mãos e balançou os braços, tomando impulso. Cravando os pés no piso e contraindo cada músculo da perna, deu a largada feito um tiro e correu na direção de Vilma e Augusto.

— Fica no "até que a morte... — enlaçou as costas de Augusto, agarrando sua cintura e prendendo as mãos no seu cinto, e se jogou pela mureta do terraço, levando-o junto — os separe"!

Mergulharam treze andares ao som da multidão abaixo e Téo nunca havia se sentido tão livre. Voava para algum outro lugar, talvez para o passado saudoso, no qual os dois tinham sido felizes um com o outro. Olhou para Gutão, ignorando a sua expressão de terror. Para onde quer que fossem, poderiam, enfim, recomeçar.

CAPÍTULO 48

— A tragédia do Edifício Andorinhas, no Centro do Rio. As imagens que vamos mostrar agora são muito fortes. Recomendamos tirar da sala as crianças e as pessoas que se impressionam.

Curiosamente o vozeirão do Cid Moreira a acompanhava naquela escuridão.

— Um curto-circuito em um aparelho de ar-condicionado no nono andar do Edifício Andorinhas, no Centro do Rio de Janeiro, provocou um incêndio que deixou vinte e um mortos e cinquenta feridos.

Na primeira vez em que Vilma recobrou a consciência, ainda atordoada, achou que também tivesse despencado do alto do prédio. O burburinho, no entanto, a sirene impaciente e o sacolejo característico do carro indicaram-lhe que, possivelmente, estava sendo transportada em uma ambulância.

— As escadas Magirus dos caminhões dos bombeiros só iam até o nono piso, deixando as vítimas dos andares mais altos sem socorro. Alguns conseguiram fugir pelo terraço. Outros desceram pelos cabos do elevador. Duas pessoas se jogaram, no desespero de fugir do fogo...

— Desliga a televisão, Eliomar.

Eram a voz e o perfume Anais Anais de La Tanya. O bipe cadenciado e a cama gradeada eram próprios de um quarto de hospital.

— Não enxergo nada ainda... — Vilma finalmente falou. A voz embargada lhe impediu de continuar a frase. Estava emocionalmente esgotada, com toda a sua vitalidade escorrida pelo ralo do desastre.

— Ela acordou! — La Tanya apertou sua mão. — Querida, vai ficar tudo bem. O importante é que você sobreviveu... Não se preocupe com isso agora. — Os dedos longos passaram pela sua cabeça e o cheiro doce no pulso mascarou o odor forte de éter.

— Téo e Augusto? — perguntou, com uma ponta de esperança, apesar de imaginar a resposta.

A mão curta e rechonchuda do advogado fez peso sobre a sua.

— Eles não sobreviveram. Sinto muito...

— Não entendo. — Vilma fungou. — Co... Como eu saí de lá? — Sua memória parecia um borrão. Tudo acontecera tão rápido. Não tinha a mínima ideia do que tinha ocorrido após o grito de Téo. Sentira um golpe de ar e o vazio deixado pela ausência repentina. Depois disso, nada mais.

— Os bombeiros chegaram ao terraço pelo prédio ao lado... Agora descansa. — O advogado tinha uma voz firme, porém acolhedora.

Vilma recebeu alta depois de dez dias. Suas feridas psicológicas e físicas ainda abertas não seriam curadas com mais e mais tempo de internação. Ela cruzou a porta do hospital parecendo nova em folha, apesar dos cacos emocionais, da cegueira e da região ao redor de seus olhos não suportar um simples toque, o que indicava tanto a gravidade das pancadas que recebera quanto que provavelmente estava toda roxa — o que La Tanya fez questão de disfarçar com óculos escuros enormes, desses que alcançam o meio das bochechas.

Em casa, foi mimada e cuidada por La Tanya. Enquanto aguardava, esperançosa, a consulta com um dos melhores oftalmologistas do Rio de Janeiro, foi elaborando o luto.

A morte é o evento mais impactante da vida. Na maior parte das vezes, altera o rumo de quem fica. É aquele empurrão, para o alto ou para o abismo. Vilma optou pela primeira alternativa, apesar da perda do amigo e do ex-marido — sim, ela também sentia a morte de Augusto; não só pelo luto do casamento idealizado e pelas memórias boas, mas, principalmente, porque existia um lado dele que Téo e ela haviam amado e isso lhe trouxe certo conforto.

No último ano, martirizara-se várias vezes por achar que havia algo de errado consigo. Era a única explicação para que tivesse fechado os olhos por tanto tempo e amado um monstro. *Só um monstro para amar outro, certo?*

Saber, por Tanya, que dividira esse sentimento com outra pessoa foi um alívio e uma espécie de libertação da culpa. Se já era grata a Téo por, estando vivo, ter salvado a sua vida, tornou-se ainda mais, pois ele lhe salvara novamente depois de morto. Por isso, estava decidida a honrá-lo. Contou ao doutor Eliomar sobre o dinheiro na lata de café e seus planos de usá-lo para reformar o escritório da Barata Ribeiro. Tanya e ela assumiriam o negócio. Seriam uma espécie de *As Panteras* tupiniquim e doutor Eliomar, o Charlie.

Ficou tão animada com a possibilidade de prosseguir com o legado de Teobaldo Amargão que nem o resultado dos exames de vista e o prognóstico de perda total da visão, por causa do comprometimento de seus nervos ópticos pelos fortes impactos na cabeça, demoveu-lhe da ideia. O médico não havia sentenciado a sua cegueira. O tratamento do trauma tardio poderia render resultados futuros, mas, até lá, Vilma precisaria aprender a seguir sua vida sem enxergar.

Foi assim, enquanto aprendia a viver sem cores, imagens e rostos, sem o pôr do Sol no Arpoador ou o desenho curvilíneo do calçadão de Copacabana, que Vilma pendurou, com a ajuda da sócia, La Tanya Fawcett, a placa na porta da saudosa sala sete, com os dizeres Agência de Detetives Olho Mágico.

— Já temos nosso primeiro caso, Tanya! — Vilma abriu um sorriso franco, desses de iluminar o rosto.

epílogo

— Moço, o senhor pode me ajudar? — A mulher cutucava a calçada com a ponta de uma bengala. Assim que o objeto raspou no poste, ela parou. Usava óculos escuros à noite e carregava um papelzinho estendido na direção dele. — O senhor me ajuda, moço? Preciso encontrar essa rua e acho que o táxi me largou no lugar errado...

Ele achou curioso o fato de ela saber que tinha cruzado com um homem antes mesmo de ele abrir a boca. Claramente era cega, então como poderia saber? Mesmo correndo o risco de ser indelicado, perguntou.

— O vento do carro em alta velocidade. Ele jogou o seu perfume amadeirado no meu nariz.

— Ah, sim... — Realmente, ele sempre tomava um banho de perfume antes de sair. — Olha, é um pouco perigoso para a senhora andar a essa hora da noite por essas bandas sozinha. — A coitada era um alvo ambulante para assaltos. Não parecia rica, mas, com certeza, devia carregar algum objeto de valor na bolsa.

— Poxa, então que sorte a minha, encontrar um homem tão bom. Achei que, às nove da noite, a rua ainda teria movimento. Não sabia que ia ficar em pé mofando nessa esquina, esperando até uma boa alma passar.

— Quem é local não fica dando bobeira. Aonde a senhora quer ir?
— Talvez pudesse acompanhá-la. Ela não era de se jogar fora e, dada a sua deficiência, provavelmente era uma solteirona, dessas que suspiravam ouvindo as antigas radionovelas.

— Essa rua aqui. — Ela chacoalhou o papel e, sem querer, deixou-o cair.

Marcos, como um bom samaritano, agachou para pegá-lo. Agarrou o papelzinho dobrado e abriu.

"Por Margarete, Téo Amargão."

O peso do mundo desabou na sua cabeça. Seus joelhos amoleceram e ele bateu com o rosto no cimento.

Cruzavam a ponte Rio-Niterói em uma velocidade mediana, para não chamar atenção. Era a primeira vez de La Tanya em uma missão daquelas e, por essa razão, estava um tanto nervosa.

Olhou para o banco de passageiros e Vilma, ao contrário de si, mantinha um jeito sereno. Os cabelos volumosos presos em um lenço e os óculos escuros a faziam parecer uma artista de *Hollywood*. Bem, sua encenação também.

Vilma fingira perfeitamente a dama frágil em apuros. Se fosse ela a ter que assumir aquele papel, tinha dúvidas reais de que teria conseguido ir até os finalmentes e rachado o crânio do homem, mesmo sabendo que ele era um estuprador assassino e que havia feito Téo de otário.

Sua parceira sabia bem disso. Vilma dividira as tarefas por esse motivo. Deixara para La Tanya a missão de colocá-lo no porta-malas do carro estacionado ao lado de onde estavam quando ele tombou na calçada, além de dirigir o automóvel até o ponto ideal da serra para a desova. Já para ela própria, restara sujar as mãos.

O cheiro de maresia entrava pelas janelas e La Tanya aumentou um pouquinho o rádio. Adorava a música de Louis Armstrong, por lhe lembrar das coisas boas do mundo.

— *And I think to myself, what a wonderful world...*

— Você acha o mundo maravilhoso, Tanya? — Vilma girou o botão do volume para a esquerda, diminuindo um pouco o som.

— Você não? — La Tanya virou a cabeça, tirando os olhos da estrada por segundos.

— Sabe o que eu acho? — Vilma olhou para fora como se pudesse enxergar o céu estrelado e a baía negra abaixo delas. Céu e mar se uniam onde a ponte não os separava, virando uma coisa só. — Acho que o mundo vai se tornando verdadeiramente maravilhoso a cada vez que um estuprador ou agressor de mulheres deixa de caminhar sobre ele.

nota da autora

Não é preciso dizer o óbvio. O passado foi difícil e violento para muitas de nós. A rede de apoio existente, atualmente, para vítimas de violência doméstica em razão do gênero é conquista de pouco mais de quinze anos. Na década de oitenta, mulheres vítimas e silenciadas não encontravam guarida e apoio nas instituições que deveriam protegê-las. Mais do que isso, mortas ou sobreviventes, eram vilipendiadas em nome da defesa de seus algozes, em nome de uma honra obscena e vergonhosa.

Para se ter uma ideia do que muitas passaram, até 2005 o casamento da vítima com seu estuprador era causa de extinção da punibilidade, pois o abusador reparava o seu *erro* e, com o casamento, *honrava* a mulher desonrada.

É inegável o imenso avanço nesses quarenta anos, porém ainda há muito a ser feito. Esta história é uma homenagem a cada mulher — cis ou trans — que pavimentou esta estrada com sangue.

E, se você for vítima de violência doméstica, saiba que, hoje, não está sozinha. Ligue 180.

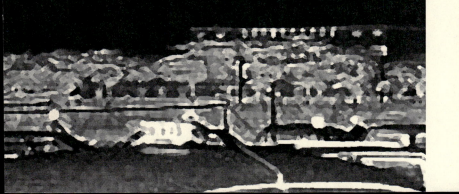